O homem rouco

RUBEM BRAGA

O homem rouco

São Paulo

2018

global editora

© **Roberto Seljan Braga, 2017**
5ª Edição, Global Editora, São Paulo 2018

Jefferson L. Alves – diretor editorial
Gustavo Henrique Tuna – editor assistente
André Seffrin – coordenação editorial
Flávio Samuel – gerente de produção
Flavia Baggio – coordenação de revisão
Jefferson Campos – assistente de produção
Alice Camargo – assistente editorial e revisão
Tatiana F. Souza – revisão
Eduardo Okuno – projeto gráfico
Victor Burton – capa

Obra atualizada conforme o
NOVO ACORDO ORTOGRÁFICO DA LÍNGUA PORTUGUESA.

CIP-BRASIL. CATALOGAÇÃO NA PUBLICAÇÃO
SINDICATO NACIONAL DOS EDITORES DE LIVROS, RJ

B795h
5. ed.

    Braga, Rubem
      O homem rouco / Rubem Braga. – 5. ed. – São Paulo:
Global, 2018.
    152 p.

    ISBN 978-85-260-2441-0

    1. Crônica brasileira. I. Título.

18-51639
                                  CDD: 869.8
                                  CDU: 82-94(81)

Vanessa Mafra Xavier Salgado – Bibliotecária CRB-7/6644

Direitos Reservados

global editora e distribuidora ltda.
Rua Pirapitingui, 111 – Liberdade
CEP 01508-020 – São Paulo – SP
Tel.: (11) 3277-7999 – Fax: (11) 3277-8141
e-mail: global@globaleditora.com.br
www.globaleditora.com.br

Colabore com a produção científica e cultural.
Proibida a reprodução total ou parcial desta obra
sem a autorização do editor.

Nº de Catálogo: **4026**

Nota da Editora

Coerente com seu compromisso de disponibilizar aos leitores o melhor da produção literária em língua portuguesa, a Global Editora abriga em seu catálogo os títulos de Rubem Braga, considerado por muitos o mestre da crônica no Brasil. Dono de uma sensibilidade rara, Braga alçou a crônica a um novo patamar no campo da literatura brasileira. O escritor capixaba radicado no Rio de Janeiro teve uma trajetória de vida de várias faces: repórter, correspondente internacional de guerra, embaixador, editor – mas foi como cronista que se consagrou, concebendo uma maneira singular de transmitir fatos e percepções de mundo vividos e observados por ele em seu cotidiano.

Sob a batuta do crítico literário e ensaísta André Seffrin, a reedição da obra já aclamada de Rubem Braga pela Global Editora compreende um trabalho minucioso no que tange ao estabelecimento de texto, considerando as edições anteriores que se mostram mais fidedignas e os manuscritos e datiloscritos do autor. Simultaneamente, a editora promove a publicação de textos do cronista veiculados em jornais e revistas até então inéditos em livro.

Ciente do enorme desafio que tem diante de si, a editora manifesta sua satisfação em poder convidar os leitores a decifrar os enigmas do mundo por meio das palavras ternas, despretensiosas e, ao mesmo tempo, profundas de Rubem Braga.

NOTA

As crônicas juntadas neste livro foram quase todas publicadas no *Diário de Notícias*, do Rio, e a seguir na *Folha da Noite*, de São Paulo, *Folha da Tarde*, de Porto Alegre, e *Diário da Noite*, do Recife. As outras saíram no suplemento literário do *Diário Carioca*, e mais no *Correio Paulistano*, *Revista do Globo*, de Porto Alegre, e *Jornal do Comércio*, do Recife. Todas foram escritas entre abril de 1948 e julho de 1949; estão arrumadas em ordem cronológica. A seleção foi feita pelo autor, com ajuda de Fernando Sabino. As modificações no texto são mínimas: alguns cortes aqui e ali, e a apresentação unida de historietas publicadas em pequeninos capítulos, como as de *Zig* e *Biribuva*. O autor agradece a Moema o trabalho que teve de juntar os recortes e arrumar o livro.

R. B.

Sumário

O ausente de Bogotá   15

Sobre o amor, etc.   17

Sobre o inferno   21

Jardim fechado   25

Justiça seja feita   27

Essas amendoeiras   30

Lembrança de um braço direito   33

Biribuva   39

O plano Itamaracá   45

O suicida   48

O homem rouco   50

Procura-se   52

Histórias de Zig   54

Do temperamento dos canários   60

Aconteceu com Orestes   65

Que venha o verão   70

Marionetes   74

Agradecimento   77

Conto de Natal   79

A secretária   83

Uma lembrança   86

Os romanos   90

Regência   92

Imitação da vida   95

Pedaços de cartas   98

Sobre a morte   102

Da vulgaridade das mulheres   105

Os olhos de Isabel   110

O barco *Juparanã*   113

O motorista do 8-100   117

Dos brotos   120

O vassoureiro   123

Vem uma pessoa   126

A visita do casal   128

O morador   131

Visitação a São Paulo   134

Os saltimbancos   138

O funileiro   141

O jabuti   144

Nascem varões   146

O homem rouco

O AUSENTE DE BOGOTÁ

Não devo ocultar por mais tempo – ficaria feio – minha dor de ser um ausente de Bogotá. Oh, Bogotá! Na verdade eu merecia estar lá ao lado de Joel Silveira e dos outros; junto comigo Squeff, que certamente debaixo do temporal e dos berros e das balas, conseguíssemos atravessar a praça, haveria de dizer suspirando, exausto e feliz: "o que vale é que o meu relógio é antimagnético"; ou se detendo numa esquina perigosa recitaria, antes de um lance arriscado: "aqui começa o sertão chamado bruto".

Certamente trabalharíamos madrugada adentro, à luz de velas talvez, num matraquear datilográfico nervoso; trabalharíamos cansados contando coisas – Joel pulando de fato a fato com uma agilidade impressionisto-imaginativa, Squeff interpretando ou politicando e eu – bolas, eu, como sempre, num lero-lero objetivo infiltrado de velhas tristezas.

É bem por elas, pelas tristezas, que eu gostaria de estar em Bogotá; que nessas horas de perigo e tensão elas somem, recuam para um fundo vago do coração, onde não temos tempo de ir cuidá-las, muito menos de acariciá-las como sempre podemos fazer à margem das tarefas civis.

Ah, certo reprovaríamos o incêndio da catedral (não se deve queimar a crença de muitos, nem muito menos a arte de todos), e o saque dos estabelecimentos comerciais (o doutor João Daudt me prometeu um frango de raça), e a mortandade, e o susto nos senhores diplomatas, e afinal de contas a desordem em geral. Reprovaríamos com veemência.

Mas, oh, contido coração no âmago do peito opresso, oh secreta raiva, tão treda e funda e comprimida que parece ser herança de um remoto Braga que alguém matou sufocando, oh besta íntima, que alegre festa! Oh, Bogotá, oh ânsia de súbitos e negros bogotás de fúria.

O homem colombiano, com sua tristeza pré-colombiana, será agora muito infeliz, sem pão, sem bonde, sem fé, sem lar, passeando cabisbaixo pela cidade arrebentada. Mas quando ele ficar velho, então dirá aos jovens netos com mal-disfarçado e alegre desdém: "meninos, eu vi; meninos, eu fiz".

Bogotá teve seu terremoto de Lisboa, teve sua espanhola do Rio de Janeiro, teve sua bomba de Hiroxima; mas não foi subsolo enlouquecendo nem micróbio se transmitindo nem átomo se rebentando que fez a desgraça, foi o homem de Bogotá. Foi o pobre peito, foi a alma triste do homem de Bogotá – mísero homem, nosso semelhante, nosso irmão, a que chamaremos de hórrido bandido e condenaremos, árdegos de inveja.

Abril, 1948

Sobre o Amor, etc.

Dizem que o mundo está cada dia menor. É tão perto do Rio a Paris! Assim é na verdade, mas acontece que raramente vamos sequer a Niterói. E alguma coisa, talvez a idade, alonga nossas distâncias sentimentais. Na verdade há amigos espalhados pelo mundo. Antigamente era fácil pensar que a vida era algo de muito móvel, e oferecia uma perspectiva infinita e nos sentíamos contentes achando que um belo dia estaríamos todos reunidos em volta de uma farta mesa e nos abraçaríamos e muitos se poriam a cantar e a beber e então tudo seria bom. Agora começamos a aprender o que há de irremissível nas separações. Agora sabemos que jamais voltaremos a estar juntos; pois quando estivermos juntos perceberemos que já somos outros e estamos separados pelo tempo perdido na distância. Cada um de nós terá incorporado a si mesmo o tempo da ausência. Poderemos falar, falar, para nos correspondermos por cima dessa muralha dupla; mas não estaremos juntos; seremos duas outras pessoas, talvez por este motivo, melancólicas; talvez nem isso.

Chamem de louco e tolo ao apaixonado que sente ciúmes quando ouve sua amada dizer que na véspera de tarde o céu estava uma coisa lindíssima, com mil pequenas nuvens de leve púrpura sobre um azul de sonho. Se ela diz "nunca vi um céu tão bonito assim" estará dando, certamente, sua impressão de momento; há centenas de céus extraordinários e esquecemos da maneira mais torpe os mais fantásticos crepúsculos que nos emocionaram. Ele porém, na véspera, estava dentro de uma sala qualquer e não viu céu nenhum. Se acaso tivesse chegado à janela e visto, agora seria feliz em saber que em outro ponto da cidade ela também vira. Mas isso não aconteceu, e ele tem ciúmes. Cita outros crepúsculos e mal esconde sua mágoa daquele. Sente que sua amada foi infiel; ela incorporou a si mesma alguma coisa nova que ele não viveu. Será um louco apenas na medida em que o amor é loucura. Mas terá toda razão, essa feroz razão furiosamente lógica do amor. Nossa amada deve estar conosco solidária perante a nuvem. Por isso indagamos com tão minucioso fervor sobre a semana de ausência. Sabemos que aqueles sete dias de distância são sete inimigos: queremos analisá-los até o fundo, para destruí-los.

Não nego razão aos que dizem que cada um deve respirar um pouco, e fazer sua pequena fuga, ainda que seja apenas ler um romance diferente ou ver um filme que o outro amado não verá. Têm razão; mas não têm paixão. São espertos porque assim procuram adaptar o amor à vida de cada um, e fazê-lo sadio, confortável e melhor, mais prazenteiro e liberal. Para resumir: querem (muito avisadamente, é certo) suprimir o amor.

Isso é bom. Também suprimimos a amizade. É horrível levar as coisas a fundo: a vida é de sua própria natureza leviana e tonta. O amigo que procura manter suas amizades distantes e manda longas cartas sentimentais tem sempre um ar de náufrago fazendo um apelo. Naufragamos a todo instante no mar bobo do tempo e do espaço, entre as ondas de coisas e sentimentos de todo dia. Sentimos perfeitamente isso quando a saudade da amada nos corrói, pois então sentimos que nosso gesto mais simples encerra uma traição. A bela criança que vemos correr ao sol não nos dá um prazer puro; a criança devia correr ao sol, mas Joana devia estar aqui para vê-la, ao nosso lado. Bem; mais tarde contaremos a Joana que fazia sol e vimos uma criança tão engraçada e linda que corria entre os canteiros querendo pegar uma borboleta com a mão. Mas não estaremos incorporando a criança à vida de Joana; estaremos apenas lhe entregando morto o corpinho do traidor, para que Joana nos perdoe. Assim somos na paixão do amor, absurdos e tristes. Por isso nos sentimos tão felizes e livres quando deixamos de amar. Que maravilha, que liberdade sadia em poder viver a vida por nossa conta! Só quem amou muito pode sentir essa doce felicidade gratuita que faz de cada sensação nova um prazer pessoal e virgem do qual não devemos dar contas a ninguém que more no fundo de nosso peito. Sentimo-nos fortes, sólidos e tranquilos. Até que começamos a desconfiar de que estamos sozinhos e ao abandono trancados do lado de fora da vida.

Assim o amigo que volta de longe vem rico de muitas coisas e sua conversa é prodigiosa de riqueza; nós também despejamos nosso saco de emoções e novidades; mas para um sentir a mão do outro precisam se agarrar ambos a qualquer velha besteira: você se lembra daquela tarde em que tomamos cachaça num café que tinha naquela rua e estava lá uma loura que dizia etc., etc. Então já não se trata mais de amizade, porém de necrológio.

Sentimos perfeitamente que estamos falando de dois outros sujeitos, que por sinal já faleceram – e eram nós. No amor isso é mais pungente. De onde concluireis comigo que o melhor é não amar; porém aqui, para dar fim a tanta amarga tolice, aqui e ora vos direi a frase antiga: que melhor é não viver. No que não convém pensar muito, pois a vida é curta e, enquanto pensamos, ela se vai, e finda.

Maio, 1948

Sobre o inferno

"O inferno são os outros" – diz esse desagradável senhor Sartre no final de *Huis Clos*, e eu respondo: "eu que o diga!" Hoje estou com um pendor para confissões; vontade de abrir meu peito em praça pública; quem for pessoa discreta, e se aborrecer com derrames desses, tenha a bondade de não continuar a ler isto.

Conheci um homem que estava tão apaixonado, tão apaixonado por uma mulher (acho que ela não gostava dele), que uma vez estávamos nós dois num bar e no meio da conversa ele disse fremente:

— Isso é o maior verso da língua portuguesa!

Fiquei pateta, pois não escutara verso nenhum. Ele então pediu silêncio, e que ouvisse. Havia conversas na mesa ao lado, ruídos vários lá dentro, autos e ônibus que passavam, um bonde na outra rua, um violoncelo tocando num rádio qualquer, e lá no finzinho disso, longe, longe, um outro rádio com o samba que mal se podia ouvir e só era reconhecível pelos fragmentos de música que nos chegavam. O maior verso da língua portuguesa estava na letra daquele samba e avisava que "Emília, Emília, Emília, eu não posso mais".

Ele não podia mais. Ninguém pode mais com o inferno de Emília e ninguém sai dele, pois ninguém pode sair do inferno. Estou informado de que alguns moços leem às vezes o que escrevo, e isso me comove e ao mesmo tempo me dá um senso de responsabilidade. Sim, devo pensar nos moços e cuidar de dizer coisas que os não desorientem. Falar do inferno, por exemplo, é mau. Dante e outros espalharam muitas notícias falsas a respeito, e a pior delas é que para lá vão os culpados.

Na verdade para lá se vai pelo caminho da maior inocência, assobiando levianamente talvez, escutando os passarinhos que trinam de alegrar o coração e com o passo estugado e leve de quem sente um grande prazer em andar. Ah, caminhos de vosso corpo, distante amada. Pensar que neles passearam em tempo antigo minhas mãos, estas mesmas mãos que estão aqui; ah, queridos caminhos, inesquecíveis e divinos, quem diria que me haveríeis de conduzir a esta ilha de silenciosa tortura e atra solidão. Emília, Emília, Emília! Sabei, moços, que há inferno, e não fica longe; é aqui.

*

Ah, eu pensava essas coisas vãs e me sentia muito cansado, e uma grande amargura estava em meu coração. Cruzei os braços sobre a mesa e neles descansei a cabeça; e como que adormeci. Então tive uma grande pena de minha alma e de meu corpo, e de todo mim mesmo, pobre máquina de querer e de sentir as coisas. Ponderei o meu ridículo e a minha solidão, e pensei na morte com um suave desejo.

A certeza da morte me pareceu tão doce que se fosse figurá-la seria como a casta Beatriz que viesse passar a mão pela minha cabeça e me dizer para dormir. E sob essa mão doce, minha cabeça iria sossegando, e a memória das coisas ruins iria andando para trás, e se deteria apenas em uma hora feliz. E ali, ó mais amada de todas as amadas, tudo seria tão puro e tão perfeito que a brisa se deteria um instante entre as flores para sentir a própria suavidade; e então seria bom morrer. Mas o jornalista profissional Rubem Braga, filho de Francisco de Carvalho Braga, carteira 10.836, série 32ª registrado sob o número 785, Livro II, fls. 193, ergue a fatigada cabeça e inspira com certa força. Nesse ar que inspira entra--lhe pelo peito a vulgar realidade das coisas, e seus olhos já não contemplam sonhos longe, mas apenas um varal com uma camisa e um calção de banho, e, ao fundo, o tanque de lavar roupas de seu estreito quintal, desta casa alugada em que ora lhe movem uma ação de despejo.

E é bom que haja uma ação de despejo, sempre devia haver, em toda casa, para que assim o sentimento constante do precário nos proibisse de revestir as paredes alheias com nossa ternura e de nos afeiçoarmos sem sentir até à humilde torneira, e ao corrimão da escada como se fosse um ombro de amigo onde pousamos a mão.

Sinto com a máxima precisão que as letras, nos bancos, se aproximam precípites de seus vencimentos, e que os deveres se acumulam com desgraciosa urgência, e tudo é preciso providenciar, telefonar, mercadejar, sofrer.

Suspiro como Jorge Machado Moreira, meu antigo corresponsável, e Luís Vaz de Camões, meu antigo poeta, sobre tanta necessidade aborrecida. E acabando o suspiro me ergo e vou banhar o triste corpo, porque a alma, oh-lá--lá, devo mergulhá-la não no sempiterno Nirvana, porém na desgraça miúda e suja da jornada civil, lítero-comercial, entre apertos de elevador e palavras sem fé. Dou apressado adeus a mim mesmo e o bonde São Januário, disfarçado em escuro e feio lotação, leva mais um operário.

Jardim fechado

Contam-me de um jornal cujo diretor desfez a combinação que um seu auxiliar fizera com certo escritor, alegando não querer saber de novos. Quer apenas os escritores já provados, os melhores, geralmente de uma certa idade. Acho o caso melancólico, e esse diretor, um homem sem imaginação.

Não posso ser acusado de excesso de simpatia pelos novos. Sempre achei mesmo de uma tocante tolice a atitude de alguns dos nossos escritores consagrados, sempre dispostos a dar uma excessiva importância a qualquer poetinha ou ensaísta que surge – pelo fato de ser um novo. Em alguns isso é, talvez, um secreto medo das jovens gerações, ou o sutil desejo de, apadrinhando-as, dirigi-las. Em outros será simples doçura paternal. Não censuro a uns nem a outros, mas meu respeito pelos velhos e minha ternura pelos moços são, no terreno literário, medíocres.

Aqui dentro do meu ramo, a crônica de jornal, devo, sem dúvida, me considerar um velho. Peguei muito cedo este batente, e nele já visivelmente me cansei um tanto e ainda mais aos leitores. Habituei-me a ouvir, sem mágoa, a opinião de que as melhores coisas que escrevi foi há muitíssimos anos atrás, nos tempos da juventude; filosoficamente me consolo em pensar que em alguns casos o leitor que pensa ter saudades de minha juventude tem, na verdade, de sua própria, quero dizer, de um tempo em que vibrava por qualquer coisa escrita. A mim pessoalmente o que escrevi há muito tempo em geral me aborrece quando não chega a me dar remorso ou pejo. Tentar voltar àquilo me parece tão sem cabimento nem dignidade como sair para a rua com o chapéu de palhinha dos dezenove anos.

Se algum ideal ainda tenho hoje nessa coisa de escrever seria o de poder escrever muito menos para, com mais sossego e limpeza, dizer algumas coisas que trago no peito. Nem por serem medíocres mereceriam menos ser escritas com mais vagar, e decência.

Mas o antigo fervor, esse não volta. A água que brota da terra, a estranha semente que vem no vento da manhã que assanha os ares... E é contra isso que esse diretor de jornal ergue os muros de seu melancólico e policiado jardim de flores sábias. Está no seu direito, mas faz mal.

Junho, 1948

Justiça Seja Feita

Antes que façam mais um prédio (estão fazendo) eu posso ver, além das amendoeiras de minha rua, uma boa mancha verde de árvores. É uma zona verde entre o creme dos edifícios novos e os tijolos das construções. Mangueiras que lançam suas flores; dois pinheiros, um pé de fruta-pão, um mamoeiro e um fundo de bambus. Há também uma grande amendoeira livre, que no seu fundo de quintal não é atingida pelos homens da Prefeitura; mas no momento está sem folhas, e sua galhada nua se desenha no céu feio.

É desse feio céu que falarei bem: ele hoje nos manda, como gentileza de um frio sudoeste, uma chuva constante, fina e boa. Sei que a noite há de ter sido ruim para os barcos no mar, viciados por um longo inverno fácil e ameno. Mas essas árvores estão contentes.

A lavadeira que veio de Santa Luzia de Carangola e construiu um barraco no morro do Cantagalo com 2500 cruzeiros, muita força pessoal e muitas tábuas de presentes e outras ajudas de vizinhos – ela me disse que quase não pôde dormir com a chuva e o vento frio entrando em casa. "E agora nós estamos nessa agonia de que vão acabar com o morro" – suspirou. Seu menino já amanheceu doente e ela também sente uma dor no peito (Teresa, que era tão linda, com dezessete anos, morreu o ano passado de uma galopante cruel), mas essa velha da Zona da Mata se conforma com tudo dizendo que "isso é bom para a lavoura".

A mesma simples frase antiga, sempre ouvida no fundo da infância, quando a cidade do interior ficava triste e fria sob uma longa chuva: "é bom para a lavoura". Formigas, preços baixos, muita exploração do comércio, o governo mandando uns absurdos, pragas, colheitas ruins, tanta doença, tanta canseira, tanto sacrifício, meus tios maternos vindo do sítio e se queixando da "situação da lavoura" enquanto tiravam as grandes botas sujas – e no meio de tudo a única coisa a favor da lavoura era sempre a chuva que vinha agravar a melancolia urbana.

Também meu pai pelejava na roça e minha mãe nasceu na fazenda do Frade – e fui o primeiro dos irmãos a nascer na cidade. Quando eu soube disso tive um orgulho pueril – era da cidade, era bem do Cachoeiro. Mas sempre a gente continua um pouco da lavoura, como um sitiante que perdeu a terra ou um colono despedido da fazenda.

A velha Sebastiana não tem mais lavoura nenhuma e até a casinha que ela fez em Minas "quase no comércio, perto da rua", foi registrada em nome de seu marido, que não era seu marido porque era casado com outra. Não quer voltar nunca mais a Santa Luzia, e prefere morrer lutando a "Batalha do Rio de Janeiro" contra todos os generais e todos os demagogos. Mas do fundo de sua pobreza triste e heroica ela desce os perigosos caminhos escorregadios do morro para me dizer que esse tempo "é bom para a lavoura".

E aqui me penitencio pelo meu pessimismo sobre os homens e as coisas deste país, e mesmo sobre o governo. O governo não é tão ruim assim; acaba de ser feita, apesar de tudo, alguma coisa "boa para a lavoura". O general Perón, que às vezes nos retém o trigo, teve a bondade de não segurar esse vento sudoeste. O coração de Sebastiana está contente, e eu participo de sua alegria humilde.

Julho, 1948

Essas amendoeiras

Essas amendoeiras são umas árvores desentoadas. Agosto já chegou, e toda gente sabe que é tempo de folhas novas. Foi o primeiro sopro de noroeste do fim de inverno que as excitou com essa ordem, e elas obedecem. Mas não como árvores direitas de uma cidade organizada; obedecem como se fossem meninas teimosas. Estão cansadas de saber que devem se arrumar para beber bem as chuvas que já tardam; que o sol cada semana ficará mais quente, e que será um escândalo se as cigarras chegarem uma bela tarde e virem isso. Que zoeira não farão as cigarras! Começarão a zunir suas críticas tão alto que chegarão até os ouvidos do general-prefeito. Ele então descerá de seu gabinete e...

Até o mais ignorante mamoeiro de subúrbio sabe o que aconteceu com a mãe geral das amendoeiras, na curva do Flamengo. Sei que todas as amendoeiras de minha rua sentiram isso, e tiveram medo. Vi quando as podaram: ficaram quietinhas, paradas, apenas ligeiramente trêmulas, como meninas a quem vão cortar as tranças mas também podem resolver cortar o pescoço.

Algum tempo tiveram, assim, o ar de bem-comportadas. Estão no alinhamento do passeio, e guardam uma altura modesta; parecem ter perdido toda mania de grandeza que certos ventos sem-vergonha do mar vivem insuflando nessas árvores de beira de praia, no afã de perdê-las. Mas o espírito de desordem parece que lhes está na massa da seiva. Foi hoje que reparei; tenho andado meio aflito, pensando em mulher, de olhos no chão – logo eu, que sou o melhor jornalista desta rua, e devia estar sempre atento.

Que fizeram? Muitas, é verdade, estão com as folhas novas que toda manhã parecem ter crescido um pouco. Mas logo antes da esquina há uma que está bojuda de verde como um repolho; logo vêm duas ou três que deixam cair lentamente grandes folhas cor de tacho; outras só agora estão ficando ruivas; e se a meio caminho da praia há um grupo de irmãs com luzidias folhas novas, já de palmo, aqui bem perto, junto da rua em que passam os bondes (e os fiscais da Prefeitura!) há toda uma série abrindo para o céu a galharia nua, brincando de inverno francês.

— Mas que bom está este verão...

— Que belo outono, minha irmã!

— Como ficam atrevidos esses bem-te-vis agora que chegou a primavera...

— Arre! que já passamos do meio inverno.

Deve ser assim a conversa dessas tontas. E são tão levianas que nem se lembram de que o prédio da esquina é um prédio de generais; o próprio chefe do Estado-Maior do Exército às vezes chega à janela com seus óculos. Ainda bem que não os baixa para ver essa mistura louca de uniformes; entretém-se em olhar as nuvens escuras para os lados de Alagoas. Anteontem passou, com sua esposa, um outro homem de óculos, com roupa de brim. Reconheci-o; como ia devagar pela rua talvez pudesse erguer os olhos e dar com esse despropósito. Era o que foi chefe da artilharia na guerra. Da artilharia! – tive vontade de gritar para essas levianas, que haveriam de tremer de pavor até a raiz dos cabelos de suas raízes. Mas havia duas crianças jogando bola na calçada; uma bola ameaçou bater na calva do general, e isso o distraiu. Suponho que as crianças, no fundo, são cúmplices das amendoeiras; o general entrou no edifício dos generais, e não houve nada; quando saiu, já estava escuro... O presidente, o prefeito, o chefe de polícia, todos são generais. O presidente tem uma parenta nesta rua e às vezes a visita. Vem sozinho, e felizmente nunca olha para o alto; é um homem calado e triste, e dá a impressão de que fizeram alguma coisa com ele; fizeram-no, é verdade, presidente. O chefe de polícia nunca nos deu a doce honra de comparecer; apenas manda, às vezes, um desenfreado carro da radiopatrulha varar a rua de ponta a ponta deixando o aviso urgente de que a autoridade é um fato. O prefeito passou uma vez na segunda esquina para o sul, viu uma estátua e carregou-a não sei para onde; consolo-me em pensar que a própria Câmara Municipal não sabe.

Tanta desídia dos donos da cidade e da nação parece animar essas amendoeiras – tímidas meninas de orfanato, muito direitinhas na forma, que, não sendo vigiadas, começam a se comportar como verdadeiras molecas de rua.

— Olhem o meu vestido vermelho!

— Pois eu hoje estou completamente nua...

E a mais crescida de todas, uma gorda senhorita de verde, já amarelando e que sempre teve fama de séria – começa, meu Deus, a dar frutos.

Julho, 1948

LEMBRANÇA DE UM BRAÇO DIREITO

É um caso banal, tanto que muitas vezes já ouvi contar essa história: "Ontem, quando chegamos a São Paulo, o tempo estava tão fechado que não pudemos descer. Ficamos mais de uma hora rodando dentro do nevoeiro porque o teto estava muito baixo..." Mas ando pelo chão há muito tempo: chão perigoso, onde há pedras e buracos para um homem já escalavrado e já afundado; porém chão. Subi ao avião com indiferença, e como o dia não estava bonito lancei apenas um olhar distraído a esta cidade do Rio de Janeiro e mergulhei na leitura de um jornal qualquer. Depois fiquei a olhar pela janela e não via mais que nuvens, e feias. Na verdade, não estava no céu; pensava coisas da terra, minhas pobres, pequenas coisas. Uma aborrecida sonolência foi me dominando, até que uma senhora nervosa ao meu lado disse que "nós não podemos descer!" O avião já estava fazendo sua ronda dentro de um nevoeiro fechado. Procurei acalmar a senhora.

Ela estava tão aflita que embora fizesse frio se abanava com uma revista. Tentei convencê-la de que não devia se abanar, mas acabei achando que era melhor que o fizesse. Ela precisava fazer alguma coisa e a única providência que aparentemente podia tomar naquele momento de medo era se abanar. Ofereci-lhe meu jornal dobrado, no lugar da revista, e ficou muito grata, como se acreditasse que, produzindo mais vento, adquirisse a maior eficiência na sua luta contra a morte.

Gastei cerca de meia hora com a aflição daquela senhora. Notando que uma sua amiga estava em outra poltrona ofereci-me para trocar de lugar e ela aceitou. Mas esperei inutilmente que recolhesse as pernas para que eu pudesse sair de meu lugar junto à janela; acabou confessando que assim mesmo estava bem, e preferia ter um homem – "o senhor" – ao lado. Isso lisonjeou meu orgulho de cavalheiro: senti-me útil e responsável. Era por estar ali um Braga, homem decidido, que aquele avião não ousava cair. Havia certamente piloto e copiloto e vários homens no avião. Mas eu era o homem ao lado, o homem visível, próximo, que ela podia tocar. E era nisso que ela confiava: nesse ser de casimira grossa, de gravata, de bigode, a cujo braço acabou se agarrando. Não era o meu braço que apertava, mas um braço de homem, ser de misteriosos atributos de força e proteção.

Chamei a aeromoça, que tentou acalmar a senhora com biscoitos, chicles, cafezinho, palavras de conforto, mão no ombro, algodão nos ouvidos, e uma voz suave e firme que às vezes continha uma leve repreensão e às vezes se entremeava de um sorriso que sem dúvida faz parte do regulamento da aeronáutica civil, o chamado sorriso para ocasiões de teto baixo.

Mas de que vale uma aeromoça? Ela não é muito convincente; é uma funcionária. A senhora evidentemente a considerava uma espécie de cúmplice do avião e da empresa e no fundo (pelo ressentimento com que reagia às suas palavras) responsável por aquele nevoeiro perigoso.

A moça em uniforme estava sem dúvida lhe escondendo a verdade e dizendo palavras hipócritas para que ela se deixasse matar sem reagir.

A única pessoa de confiança era evidentemente eu: e aquela senhora, que no aeroporto tinha um certo ar desdenhoso e solene, disse duas malcriações para a aeromoça e se agarrou definitivamente a mim. Animei-me então a pôr a minha mão direita sobre a sua mão, que me apertava o braço. Esse gesto de carinho protetor teve um efeito completo: ela deu um profundo suspiro de alívio, cerrou os olhos, pendeu a cabeça ligeiramente para o meu lado e ficou imóvel, quieta. Era claro que a minha mão a protegia contra tudo e todos: ficou como adormecida.

O avião continuava a rodar monotonamente dentro de uma nuvem escura; quando ele dava um salto mais brusco eu fornecia à pobre senhora uma garantia suplementar apertando ligeiramente a minha mão sobre a sua: isso sem dúvida lhe fazia bem.

Voltei a olhar tristemente pela vidraça; via a asa direita, um pouco levantada, no meio do nevoeiro. Como a senhora não me desse mais trabalho, e o tempo fosse passando, recomecei a pensar em mim mesmo, triste e fraco assunto.

E de repente me veio a ideia de que na verdade não podíamos ficar eternamente com aquele motor roncando no meio do nevoeiro – e de que eu podia morrer.

Estávamos há muito tempo sobre São Paulo. Talvez chovesse lá embaixo; de qualquer modo a grande cidade, invisível e tão próxima, vivia sua vida indiferente àquele ridículo grupo de homens e mulheres presos dentro de um avião, ali no alto.

Pensei em São Paulo e no rapaz de vinte anos que chegou com trinta mil-réis no bolso uma noite e saiu andando pelo antigo Viaduto do Chá, sem conhecer uma só pessoa na cidade estranha. Nem aquele velho viaduto existe mais, e o aventuroso rapaz de vinte anos, calado e lírico, é um triste senhor que olha o nevoeiro e pensa na morte. Outras lembranças me vieram, e me ocorreu que na hora da morte, segundo dizem, a gente se lembra de uma porção de coisas antigas, doces ou tristes. Mas a visão monótona daquela asa no meio da nuvem me dava um torpor, e não pensei mais nada. Era como se o mundo atrás daquele nevoeiro não existisse mais, e por isso pouco me importava morrer. Talvez fosse até bom sentir um choque brutal e então tudo se acabar. A morte devia ser aquilo mesmo, um nevoeiro imenso, sem cor, sem forma, para sempre.

Senti prazer em pensar que agora não haveria mais nada, que não seria mais preciso sentir, nem reagir, nem providenciar, nem me torturar; que todas as coisas e criaturas que tinham poder sobre mim e mandavam na minha alegria ou na minha aflição haviam se apagado e dissolvido naquele mundo de nevoeiro.

A senhora sobressaltou-se de repente e começou a me fazer perguntas muito aflita. O avião estava descendo mais e mais e entretanto não se conseguia enxergar coisa alguma. O motor parecia estar com um som diferente: podia ser aquele o último desesperado tredo ronco do minuto antes de morrer arrebentado e retorcido. A senhora estendeu o braço direito, segurando o encosto da poltrona da frente e de repente me dei conta de que aquela mulher de cara um pouco magra e dura tinha um belo braço, harmonioso e musculado.

Fiquei a olhá-lo devagar, desde o ombro forte e suave até as mãos de dedos longos, e me veio uma saudade extraordinária da terra, da beleza humana, da empolgante e longa tonteira do amor. Eu não queria mais morrer, e a ideia da morte me pareceu de repente tão errada, tão feia, tão absurda, que me sobressaltei. A morte era uma coisa cinzenta, escura, sem a graça, sem a delicadeza e o calor, a força macia de um braço ou de uma coxa, a suave irradiação da pele de um corpo de mulher moça.

Mãos, cabelos, corpo, músculos, seios, extraordinário milagre de coisas suaves e sensíveis, tépidas, feitas para serem infinitamente amadas. Toda a fascinação da vida me golpeou, uma tão profunda delícia e gosto de viver, uma tão ardente e comovida saudade, que retesei os músculos do corpo, estiquei as pernas, senti um leve ardor nos olhos. Não devia morrer! Aquele meu torpor de segundos atrás pareceu-me de súbito uma coisa vil, doentia, viciosa, e ergui a cabeça, olhei em volta, para os outros passageiros, como se me dispusesse afinal a tomar alguma providência.

Meu gesto pareceu inquietar a senhora. Mas olhando novamente para a vidraça adivinhei casas, um quadrado verde, um pedaço de terra avermelhada, através de um véu de neblina mais rala. Foi uma visão rápida, logo perdida no nevoeiro denso, mas me deu uma certeza profunda de que estávamos salvos porque a terra *existia*, não era um sonho distante, o mundo não era apenas nevoeiro e havia realmente tudo o que há, casas, árvores, pessoas, chão, o bom chão sólido, imóvel, onde se pode deitar, onde se pode dormir seguro e em todo sossego, onde um homem pode premer o corpo de uma mulher para amá-la com força, com toda sua fúria de prazer e todos os seus sentidos, com apoio no mundo.

No aeroporto, quando esperava a bagagem, vi perto a minha vizinha de poltrona. Estava com um senhor de óculos, que, com um talão de despacho na mão, pedia que lhe entregassem a sua maleta. Ela disse alguma coisa a esse homem, e ele se aproximou de mim com um olhar inquiridor que tentava ser cordial. Estivera muito tempo esperando; a princípio disseram que o avião ia descer logo, era questão de ficar livre a pista; depois alguém anunciara que todos os aviões tinham recebido ordem de pousar em Campinas ou em outro campo; e imaginava quanto incômodo me dera sua senhora, sempre muito nervosa. "Ora, não senhor." Ele se despediu sem me estender a mão, como se, com aqueles agradecimentos, que fora constrangido pelas circunstâncias a fazer, acabasse de cumprir uma formalidade desagradável com relação a um estranho – que devia permanecer um estranho.

Um estranho – e de certo ponto de vista um intruso, foi assim que me senti perante aquele homem de cara meio desagradável. Tive a vaga impressão de que de certo modo o traíra, e de que ele o sentia.

Quando se retiravam, a senhora me deu um pequeno sorriso. Tenho uma tendência romântica a imaginar coisas, e imaginei que ela teve o cuidado de me sorrir quando o homem não podia notá-lo, um sorriso sem o visto marital, vagamente cúmplice. Certamente nunca mais a verei, nem o espero. Mas seu belo braço direito foi, um instante, para mim, a própria imagem da vida, e não o esquecerei depressa.

Julho, 1948

Biribuva

Era meia-noite, com chuva e um vento frio. O gatinho estava na rua com um ar tão desamparado que o meu amigo se impressionou. Verdade que meu amigo estava um pouco bêbado; se não estivesse, talvez nem visse a tristeza do gatinho, pois já notei que as pessoas verdadeiramente sóbrias não enxergam muito; veem apenas provavelmente o que está adiante de seus olhos no tempo presente. O bêbado vê o que há e o que deveria ter havido antigamente, e além o que nascerá na madrugada que ainda dorme, no limbo de trevas e luz da eternidade – embaixo da cama de Deus. Sim. Ele criou o mundo em seis dias e dormiu como um pedreiro cansado no sétimo. Porém não criou tudo, guardou material para surpreendentes caprichos a animar com seu sopro divino. Darei exemplos, se me pedirem. Conheço uma dama que me pus a examinar com a máxima atenção; ela me apresentou a seus pais e a seus dignos avós e mostrou-me, no velho álbum da família, suas mais remotas tias-bisavós, algumas vestidas de *new-look*, e uma cheia de graça.

Sim, aqui e ali havia um traço que tentava esboçar o encanto que viria; na boca desse rapaz de 1840; na mão dessa dama que segura um leque, nos olhos desse menino antigo o milagre vinha nascendo lento e fluido, o espírito ia se infiltrando na matéria e animando-a na sua mais íntima essência. Mas não basta. Autorizam-nos as escrituras santas a admitir que, mesmo quando é Ele próprio que se encarna, o Espírito Santo ajuda a fecundar uma terrena mulher, e assim foi com a mãe de João Batista, o qual trouxe no peito mais força do que jamais puxaria de toda a fieira dos pais de Isabel e de Zacarias, uma força vinda de Deus.

Sentiu isso o poeta antigo perante sua amada, "formosa qual se a própria mão divina lhe traçara o contorno e a forma rara". É assim; mas lá vou eu a falar de bíblias e poetas e desse raio dessa mulher, e quase deixo o gatinho na chuva à mercê de um bêbado vulgar.

O bêbado era meio poeta, e trouxe o bichinho para casa. Pela manhã o vimos: ele examinava lentamente a sala e, desconfiado, quis ficar debaixo do sofá. Mas já pela tarde escolhera um canto, onde se espichou.

Reunimo-nos para batizá-lo, e, como ele é todo preto e foi achado à meia-noite, resolvemos que seria Meia-Noite.

No segundo dia, porém, uma alemã que ama e entende gatos fez a revelação; Meia-Noite era uma gatinha. Deve ter dois meses e meio, disse mais.

Ora, isso é o mesmo que ser menina apenas com leves tendências a senhorita; e a uma senhorita de família não fica bem esse nome de Meia-Noite. Esse nome haveria de lhe lembrar sempre sua origem miserável e triste; e o grande gato ruivo do vizinho, gordo e católico a tal ponto que embora se chame Janota nós todos sentimos que ele é o próprio G. K. Chesterton, poderia tratá-la com irônico desprezo.

Da nossa perplexidade aproveitou-se o menino, que queria dar ao bicho o nome de Biriba. Declarou que se tratava, sem dúvida nenhuma, da viúva do Biriba.

Não importa que seja uma gatinha adolescente; também as moças de dezesseis anos que se vestem de luto aliviado à maneira antiga recebem esse nome de viúva do Biriba. Alguém ajeitou as coisas, e concluímos que a linda gatinha ficaria se chamando Biribuva.

Devo confessar que não sou um *gentleman*; venho de famílias portuguesas, não digo pobres, mas de condição modesta, gente honrada e trabalhadora que, pelejando através dos séculos no cabo da enxada ou atrás do balcão, nunca teve tempo para se fazer *gentlemen* ou *ladies*. Isso ficou privilégio do ramo espúrio ainda que muito distinto dos Braga, os chamados Bragança. E hoje, vejam bem, os Braga são uns pobres enfiteutas, e os Bragança altos senhorios. Melancolias da História; mas de qualquer modo devo confessar que os costumes de minha casa são um tanto rudes, e às vezes mesmo acontece que o garçom de luvas brancas não nos serve o chá das cinco com a devida pontualidade, o que nos produz um grande abatimento moral. Enfim, nos conformamos – mesmo porque não temos luvas, nem garçom, nem chá.

Biribuva talvez tenha compreendido a situação, e faz questão de mostrar pelo seu delicado exemplo as regras da distinção e da aristocracia. Sai todas as noites, dorme o dia inteiro, não trabalha, e vive a se espreguiçar e a se lamber.

A gatinha escolheu minuciosamente o canto mais confortável de nosso velho sofá, e ali se aninha com tanta graça e tranquilidade como se este fosse o seu direito natural. Se bato à máquina com mais força ou falamos demasiado alto, a jovem condessinha de Biribuva ergue com lentidão a cabeça e nos fita, graciosamente aborrecida, com seus olhos verdes que têm no centro um breve risco vertical azul. Assim ela nos faz entender que as pessoas finas jamais falam tão alto (apenas murmuram coisas e, às vezes, suspiram) e não escrevem jamais a máquina nem mesmo a caneta, pois isso é um baixo trabalho manual.

Pela manhã assisti a seu banho de sol. Meu escritório tem duas janelas, uma dando para leste e outra para o norte; de maneira que pela manhã o sol entra por uma e depois por outra, e há uma hora intermediária em que entra pelas duas. Assim eu havia entrecerrado ambas as janelas e ficou apenas no assoalho uma faixa de luz. Ali se esticou Biribuva, tão negra e luzente. Depois de fazer algumas flexões da mais fina graça, começou, com a língua muito rubra, a proceder a uma cuidadosa toalete; e afinal ficou esticada, a se aquecer. Depois de uns dez minutos retirou-se para seu canto de sombra; tive a impressão, quando esticou a patinha negra, de que consultava um invisível reloginho de pulso, naturalmente de ouro, cravejado de brilhantes.

Às vezes a condessinha dá a entender que se dignaria a brincar um pouco; e então agitamos em sua frente um barbante ou lhe damos uma bola de pingue-pongue. Ela dá saltos e voltas com uma graça infinita, vibrando no ar a patinha rápida; tem bigodes do tamanho dos de um bagre velho; e suas orelhas negras são translúcidas como o tecido dessas meias *fumées*.

Um dia ela crescerá, e então...

Devo dizer que o grande gato ruivo da vizinha, que nos visitava toda tarde, cortou suas visitas.

Apareceu um dia na janela do quintal. Biribuva estava em seu canto do sofá. Voltou-se e viu o bichano quatro vezes maior do que ela. Assumiu instantaneamente uma atitude de defesa, toda arrepiada e com os olhos fixos no gatão. Suas garras apareceram e ela soltou um miau! que era mais um gemido estranho e prolongado. Isso certamente aborreceu o velho Janota, que lhe lançou um olhar do maior desprezo e se retirou. A condessinha de Biribuva ficou ainda alguns minutos arrepiada e nervosa. Tentei fazer-lhe uma festinha e ela continuou a olhar fixamente para aquele lado. Afinal sossegou, e como uma das gavetas de minha mesa estivesse entreaberta ela se aninhou lá dentro – pois, modéstia à parte, Biribuva é uma grande apreciadora de minhas crônicas, ou pelo menos as acha muito repousantes.

Mas o incidente nos alarmou. Dentro de alguns meses Biribuva será uma senhorita. Não tenho filhas moças e sou mau conhecedor da alma feminina. É verdade que confio muito em Biribuva, mas resido em um bairro perigoso. Na minha vizinhança há dois generais e um tabelião, e todos têm gatos. Gatos de general e gatos de tabelião são bichos manhosos, e experientes, como toda gente sabe. Se Biribuva fraquejar, teremos, em um ano, três gerações de gatinhos. Que fazer com eles?

Olho a graciosa Biribuva, ainda tão inocente e jovem, e estremeço em pensar essas coisas. Afogaremos seus filhinhos ou os abandonaremos na rua? Criar todos não será possível; minha casa é pequena e jornalista ganha muito pouco.

Biribuva, inteiramente despreocupada, corre para cá e para lá atrás da bola de pingue-pongue, por debaixo dos móveis. Levá-la para uma rua distante e abandoná-la? Seria preciso ter coração muito duro para fazer uma coisa dessas. Depois a verdade é que esta casa sem Biribuva ficaria tão sem graça, tão vulgar e tão vazia que não ousamos pensar nisso.

Que fazer? Faço crônicas: é exatamente tudo o que sei fazer, assim mesmo desse jeito que os senhores estão vendo. Os leitores queixam-se: Biribuva não interessa. Está bem, não tocarei mais no assunto. Mas no fundo os leitores é que não interessam. Querem que eu fale mal do governo ou bem das mulheres, como tenho costume. Entretanto olho para a condessinha de Biribuva, que está ali agora a coçar a orelha com a pata esquerda, e penso no seu destino humilde.

Meu amigo bêbado, que a recolheu da rua molhada, à meia-noite, criou para todos nós uma ternura – e um problema. Estamos num impasse: as forças secretas da vida preparam o mistério e o drama de Biribuva nos telhados do bairro.

*

Na verdade não preciso tocar mais no assunto. Nossa perplexidade dolorosa findou. Biribuva sumiu ontem à noite e até hoje (são quatro da tarde) não voltou. Talvez tenha compreendido tudo com sua fina sensibilidade. Ficamos todos na sala, tristes, em silêncio, até que eu, como dono da casa, me julgasse obrigado a proferir a eterna frase imbecil: "foi melhor assim" – que é um bom fim de história.

Agosto, 1948

O PLANO ITAMARACÁ

Conta a lenda que a menina dona Sancha, filha do senhor do engenho Andirobeira, era tão linda que Antônio Homem, não conseguindo sua mão, foi lutar contra os holandeses e numa batalha morreu. E treze anos depois apareceu aqui nesta Ilha de Itamaracá um padre magro e foi no engenho Andirobeira e perguntou pelo senhor; estava morto; perguntou pela senhora; estava morta; perguntou pela menina Sancha; ela já vem. Quando viu o padre magro, a menina dona Sancha reconheceu o antigo moço Antônio Homem, e teve uma coisa no coração e caiu para trás e morreu. Na sua sepultura Antônio plantou uma mangueira e aí está a razão por que até hoje manga de Itamaracá é tão melhor do que outra manga qualquer.

Também aqui foi sepultado o Almirante Von Loosen e mais tanto bravo soldado holandês, português, francês, índio, preto e misturado, pois desde que passou Cristóvão Jacques e que Dom João III doou esta capitania a Pero Lopes de Sousa, irmão de Martim, "fidalgo muito honrado, o qual sendo mancebo andou pelas costas do Brasil com armada à sua custa", aqui sempre houve muita guerra e certa confusão. Houve até um Francisco de Braga que aqui foi feitor e depois capitão-mor e era tão grande "língua" do Brasil que dele diz Frei Vicente do Salvador que os índios "não faziam senão o que ele queria e lhes mandava". Mas se desentendeu com o vizinho Duarte Coelho, capitão-mor de Pernambuco, e este lhe mandou dar uma cutilada no rosto, e assim desfeiteado e aborrecido, sem poder se vingar, o Francisco de Braga largou tudo e se foi para a Índia. Ah, era um falso Braga! Mas vejam como passa mal uma terra sem Braga, ainda que falso: o frade conta que, tendo o Braga ido embora, esta ilha ficou "perdida como corpo sem cabeça". Não vivam sem Braga! Não dispensem o Braga!

São quatro milhas de largura e nove de comprimento e a estrada que leva ao forte de Orange é muito boa para holandês a pé, não para este carro carregado de Sílvio Rabelo, Cícero Dias, Aníbal Machado, Mário Pedrosa, Orígenes Lessa e mais o chofer e eu, o qual se afunda no buraco e toca a apanhar capemba para pôr debaixo da roda, e quando a roda gira ela põe fogo na capemba. Escalamos o forte sem encontrar resistência, e como a noite é de lua e já perdemos a audiência do governador e o Teatro dos Estudantes, resolvemos restaurar a Capitania de Itamaracá, libertando-a do feroz jugo pernambucano.

Apuramos rapidamente que a ilha está dividida entre canavial e coqueiral, e para dominá-la suscitaremos a guerra entre os povos de uma parte e os povos de outra parte. Eles pelejarão sobre o outeiro, uns jogando cocos, outros avançando de cana em punho, e assim muito se cansarão. Então poremos a cachaça da cana dentro dos cocos, e depois de algum tempo (em que serão pensados os feridos e enterrados os mortos) haverá uma bebedeira geral de "coquinho" em confraternização, e hastearemos nas ruínas do forte (outrora de Orange, depois de Santa Cruz, hoje Bragal) a bandeira da República Livre de Itamaracá, desenho de Cícero Dias.

Então implantaremos o cativeiro, devendo os homens trabalhar como uns mouros e as mulheres fazer renda menos nas noites de lua quando nos deliciarão sob os coqueiros cantando, mas não canções de Caymmi, porque assim também é demais. Na penitenciária serão amestrados grandes cães negros para caçar turistas, pois queremos sossego. As mangas nós chuparemos; hão de ter um gostinho longe da alma da menina Sancha.

Agosto, 1948

O SUICIDA

Posso tomar uma certa intimidade porque o suicida é de meu bairro, mais ainda, de meu posto. Foi um suicídio medíocre; saiu uma nota pequena nos jornais. Tenho vontade de dizer a esse pobre cidadão:

— Ainda era cedo, você não estava preparado. Suicidou-se, com certeza, levado por circunstâncias de momento, como um reles amador. O resultado é que você fez uma coisa desagradável que aborreceu várias pessoas e comoveu poucas.

Com certeza achou que todo mundo ia ficar muito emocionado; pois tenho o prazer de lhe informar que a maioria da vizinhança ficou no ora essa, alguém suspirou mas que chato e outra pessoa disse coitado e foi ler outra notícia.

Houve até um homem distraído que quando soube de sua morte disse está muito bem e disse sem maldade, porque já estava se preparando para pensar em outra coisa. Está muito bem, mas afinal o negócio da geladeira, como é, tem nove pés cúbicos, de que marca, ô Teresa, você faz mesmo muita questão de ir ver essa fita hoje?

E certa moça olhou seu retratinho (um clichê pequeno e ruim no jornal mal-impresso) e achou você parecido com aquele rapaz do armazém, nada mais. Espiou seu nome e devido ao seu sobrenome se lembrou de uma coisa que a Maria Novais lhe havia dito na véspera na costureira sobre aqueles dois sujeitos que estavam aquela noite com as Rocha. Será? A Zulmira até que emagreceu um pouco, mas o resultado é que ficou parecendo mais velha, aliás ela não é nada criança, mas como se pinta mal. Outra jovem senhora que conhecia pouco você ficou um instante a pensar por que seria que ele fez uma coisa dessas, vou perguntar à Ester, que com certeza já andou investigando com as outras cozinheiras, não tem perigo que ela já sabe de tudo. Depois se olhou no espelho, estou medonha, o bandido do Eurico não deixou dinheiro para eu ir ao cabeleireiro, também é verdade que de manhã nem me lembrei que preciso fazer uma limpeza de pele.

No meio de tudo isso, Inácio, você morto, e um morto feio e sem graça. É verdade que você se suicidou com vistas a apenas duas ou três pessoas, principalmente uma. Sim, conseguiu dar o seu choque. Mas isso passa – porque não há nada mais monótono do que um suicida depois de certo tempo. Não apresenta novidade nenhuma. Fica suicidado, suicidado, e assim vai perdendo o efeito. Outras pessoas vão morrendo e você acaba um morto comum no meio dos outros, lá atrás da fila.

Enfim, eu acho que você agiu mal. Ainda bem que não repetirá isso. Aqui no bairro não apreciamos essas coisas. O homem do Empório Ideal disse "coitado", esclareceu que você era um bom rapaz, mas não deixou de notar que estava "curto" em 353 cruzeiros. E acabou sem comentário com esta frase horrível, com sotaque lusitano, que fica sendo seu necrológio, Inácio:

— Baim, mas isso não taim impurtança.

Setembro, 1948

O homem rouco

Deus sabe o que andei falando por aí; coisa boa não há de ter sido, pois Ele me tirou a voz. Ela sempre foi embrulhada e confusa; a mim próprio muitas vezes parecia monótona e enjoada, que dirá aos outros. Mas era, afinal de contas, a voz de uma pessoa, e bem ou mal eu podia dizer ao mendigo "não tenho trocado", ao homem parado na esquina, "o senhor pode ter a gentileza de me dar fogo", e ao garçom "por favor, mais um pedaço de gelo". Dizia certamente outras coisas, e numa delas me perdi. Fiquei dias afônico, e hoje me comunico e lamento com uma voz de túnel, roufenha, intermitente e infame.

Ora, naturalmente que me trato. Deram-me várias pastilhas horríveis e um especialista me receitou uma injeção e uma inalação que cheguei a fazer uma vez e me aborreceu pelo seu desagradável jeito de vício secreto ou de rito religioso oriental. Uma leitora me receitou pelo telefone chá de pitangueira, laranja-da-terra e eucalipto, tudo isso agravado por um dente de alho bem moído.

Não farei essas coisas. Vejo-me à noite, no recolhimento do lar, tomando esse chá dos tempos coloniais e me sinto velho e triste de cortar o coração.

Alguém me disse que se trata de rouquidão nervosa, o que me deixa desconfiado de mim mesmo. Terei muitos complexos? Precisamente quantos? Feios, graves? Por que me atacaram a garganta, e não, por exemplo, o joelho? Ou quem sabe que havia alguma coisa que eu queria dizer e não podia, não devia, não ousava, estrangulado de timidez, e então engoli a voz?

Quando era criança, agora me lembro, passei um ano gago porque fui com outros moleques gritar "Capitão Banana" diante da tenda de um velho que vendia frutas e ele estava escondido no escuro e me varejou um balde d'água em cima. Naturalmente devo contar essa história a um psicanalista. Mas então ele começará a me escarafunchar a pobre alma, e isso não vale a pena. Respeitemos a morna paz desse brejo noturno onde fermentam coisas estranhas e se movem monstros informes e insensatos.

Afinal posso aguentar isso, sou um rapaz direito, bem-comportado, talvez até bom partido para uma senhorita da classe média que não faça questão da beleza física mas sim da moral, modéstia à parte.

O remédio é falar menos e escrever mais, antes que os complexos me paralisem os dedos, pobres dedos, triste mão que... mas, francamente, página de jornal não é lugar para a gente falar essas coisas.

Eu vos direi, senhora, apenas, que a voz é feia e roufenha, mas o sentimento é límpido, é cristalino, puro – e vosso.

Setembro, 1948

Procura-se

Procura-se aflitivamente pelas igrejas e botequins, e no recesso dos lares e nas gavetas dos escritórios, procura-se insistente e melancolicamente, procura-se comovida e desesperadamente, e de todos os modos e com muitos outros advérbios de modo, procura-se junto a amigos judeus e árabes, e senhoras suspeitas e insuspeitas, sem distinção de credo nem de plástica, procura-se junto às estátuas e na areia da praia, e na noite de chuva e na manhã encharcada de luz, procura-se com as mãos, os olhos e o coração um pobre caderninho azul que tem escrita na capa a palavra "endereços" e dentro está todo sujo, rabiscado e velho.

Pondera-se que tal caderninho não tem valor para nenhuma outra pessoa de boa-fé, a não ser seu desgraçado autor. Tem este autor publicado vários livros e enchido ou bem ou mal centenas de quilômetros de colunas de jornal e revista, porém sua única obra sincera e sentida é esse caderninho azul, escrito através de longos anos de aflições e esperanças, e negócios urgentes e amores contrariadíssimos, embora seja forçoso confessar que há ali números de telefone que foram escritos em momentos em que um pé do cidadão pisava uma nuvem e outro uma estrela e os outros dois... – sim, meus concidadãos, trata-se de um quadrúpede. Eu sou um velho quadrúpede e de quatro joelhos no chão eu peço que me ajudeis a encontrar esse objeto perdido.

Pois eis que não perdi um simples caderno, mas um velho sobrado de Florença e um pobre mocambo do Recife, um arcanjo de cabelos castanhos residente em Botafogo em 1943, um doce remorso paulista e o endereço do único homem honrado que sabe consertar palhinha de cadeira no Distrito Federal.

O caderno é reconhecível para os estranhos mediante o desenho feito na folha branca do fim, representando Vênus de Milo em birome azul, cujo desenho foi feito pelo abaixo-assinado no próprio Museu do Louvre, e nesse momento a deusa estremeceu. Haverá talvez um número de telefone rabiscado no torso da deusa, assim como na letra K há trechos de um poema para sempre inacabado escrito com letra particularmente ruim.

Na segunda página da letra D há notas sobre vencimentos de humildes, porém nefandas dívidas bancárias e com uma letra que eu não digo começa o nome de meu bem, que é todo o mal de minha vida.

Procura-se um caderninho azul escrito a lápis e tinta e sangue, suor e lágrimas, com setenta por cento de endereços caducos e cancelados e telefones retirados e, portanto, absolutamente necessários e urgentes e irreconstituíveis. Procura-se, e talvez não se queira achar, um caderninho azul com um passado cinzento e confuso de um homem triste e vulgar... Procura-se, e talvez não se queira achar.

Outubro, 1948

HISTÓRIAS DE ZIG

Um dia, antes do remate de meus dias, ainda jogarei fora esta máquina de escrever e, pegando uma velha pena de pato, me porei a narrar a crônica dos Braga. Terei então de abrir todo um livro e contar as façanhas de um deles que durou apenas onze anos, e se chamava Zig.

Zig – ora direis – não parece nome de gente, mas de cachorro. E direis muito bem, porque Zig era cachorro mesmo. Se em todo o Cachoeiro era conhecido por Zig Braga, isso apenas mostra como se identificou com o espírito da Casa em que nasceu, viveu, mordeu, latiu, abanou o rabo e morreu.

Teve, no seu canto de varanda, alguns predecessores ilustres, dos quais só recordo Sizino, cujos latidos atravessam minha infância, e o ignóbil Valente, que encheu de desgosto meu tio Trajano. Não sei onde Valente ganhou esse belo nome; deve ter sido literatura de algum Braga, pois hei de confessar que só o vi valente no comer angu. E só aceitava angu pelas mãos de minha mãe.

Um dia, tio Trajano veio do sítio... Minto! Foi tio Maneco. Tio Maneco veio do sítio e, conversando com meu pai na varanda, não tirava o olho do cachorro. Falou-se da safra, das dificuldades da lavoura...

— Ó Chico, esse cachorro é veadeiro.

Meu pai achava que não; mas, para encurtar conversa, quando tio Maneco montou sua besta, levou o Valente atrás de si com a coleira presa a uma cordinha. O sítio não tinha três léguas lá de casa. Dias depois meu tio levou a cachorrada para o mato, e Valente no meio. Não sei se matou alguma coisa; sei apenas que Valente sumiu. Foi a história que tio Maneco contou indignado a primeira vez que voltou no Cachoeiro; o cachorro não aparecera em parte alguma, devia ter morrido...

— Sem-vergonhão!

Acabara de ver o Valente que, deitado na varanda, ouvia a conversa e o mirava com um olho só.

Nesse ponto, e só nele, era Valente um bom Braga, que de seu natural não é povo caçador; menos eu, que ando por este mundo a caçar ventos e melancolias.

Houve, certamente, lá em casa, outros cães. Mas vamos logo ao Zig, o maior deles, não apenas pelo seu tamanho como pelo seu espírito. Sizino é uma lembrança vaga, do tempo de Quinca Cigano e da negra Iria, que cantava *O crime da caixa-d'água* e *No mar desta vida*, em cujo mar afirmava encontrar às vezes "alguns escolhos", e eu tinha a impressão de que "escolhos" eram uns peixes ferozes piores que tubarão.

*

Ao meu pai chamavam de coronel, e não o era; a mim muitos me chamam de capitão, e não sou nada. Mas isso mostra que não somos de todo infensos ao militarismo, de maneira que não há como explicar o profundo ódio que o nosso bom cachorro Zig votava aos soldados em geral. A tese aceita em família é que devia ter havido, na primeira infância de Zig, algum soldado que lhe deu um pontapé.

Haveria de ser um mau elemento das forças armadas da Nação, pois é forçoso reconhecer que mesmo nas forças armadas há maus elementos, e não apenas entre as praças de pré como mesmo entre os mais altos... mas isto aqui, meus caros, é uma crônica de reminiscências canino-familiares e nada tem a ver com a política.

Deve ter sido um soldado qualquer, ou mesmo um carteiro. A verdade é que Zig era capaz de abanar o rabo perante qualquer paisano que lhe parecesse simpático (poucos, aliás, lhe pareciam) mas a farda lhe despertava os piores instintos. O carteiro de nossa rua acabou entregando as cartas na casa de tia Meca. Volta e meia tínhamos uma "questão militar" a resolver, por culpa de Zig.

Tão arrebatado na vida pública, Zig era, entretanto, um anjo do lar. Ainda pequeno tomou-se de amizade por uma gata, e era coisa de elevar o coração humano ver como aqueles dois bichos dormiam juntos, encostados um ao outro. Um dia, entretanto, a gata compareceu com cinco mimosos gatinhos, o que surpreendeu profundamente Zig.

Ficou muito aborrecido, mas não desprezou a velha amiga e continuou a dormir a seu lado. Os gatinhos então começaram a subir pelo corpo de Zig, a miar interminavelmente. Um dia pela manhã, não aguentando mais, Zig segurou com a boca um dos gatinhos e sumiu com ele. Voltou pouco depois, e diante da mãe espavorida abocanhou pelo dorso outro bichinho e sumiu novamente. Apesar de todos os protestos da gata, fez isso com todas as crias. Voltou ainda, latiu um pouco e depois saiu na direção da cozinha. A gata seguiu-o, a miar desesperada. Zig subiu o morro, ela foi atrás. Em um buraco, lá no alto, junto ao cajueiro, estavam os cinco bichos, vivos e intactos. A mãe deixou-se ficar com eles e Zig voltou para dormitar no seu canto. Estava no maior sossego quando a gata apareceu novamente, com todas as crias a miar atrás. Deitou-se ao lado de Zig, e novamente os bichinhos começaram a passear pelo seu corpo. Um abuso inominável. Zig ficou horrivelmente aborrecido, e suspirava de cortar o coração, enquanto os gatinhos lhe miavam pelas orelhas. Subitamente abocanhou um dos bichos e sumiu com ele, desta vez em disparada. Em menos de cinco minutos havia feito outra vez a mudança, correndo como um desesperado morro abaixo e morro acima. Mas as mulheres são teimosas, e quando descobrem o quanto é fraco e mole um coração de Braga começam a abusar. O diabo da gata voltou ainda cinicamente com toda a sua detestável filharada. Previmos que desta vez Zig ia perder a paciência. O que fez, simplesmente, foi se conformar, embora desde então esfriasse de modo sensível sua amizade pela gata.

Mas não pensem, por favor, que Zig fosse um desses cães exemplares que frequentam as páginas de *Seleções*, somente capazes de ações nobres e sentimentos elevados, cães aos quais só falta falar para citarem Abraham Lincoln, e talvez Emerson. Se eu afirmasse isso, algumas dezenas de leitores de Cachoeiro de Itapemirim rasgariam o jornal e me escreveriam cartas indignadas, a começar pelo doutor Lofego, a quem Zig mordeu ignominiosamente, para vergonha e pesar do resto da família Braga.

*

De vez em quando aparecia lá em casa algum sujeito furioso a se queixar de Zig. Assisti a duas dessas cenas: o mordido lá embaixo, no caramanchão, a vociferar, e minha mãe cá em cima, na varanda, a abrandá-lo. Minha mãe mandava subir o homem e providenciava o curativo necessário. Mas se a vítima passava além da narrativa concreta dos fatos e começava a insultar Zig, ela ficava triste: "Coitadinho, ele é tão bonzinho... é um cachorro muito bonzinho". O homem não concordava e ia-se embora ainda praguejando. O comentário de mamãe era invariável: "Ora, também... Alguma coisa ele deve ter feito ao cachorrinho. Ele não morde ninguém..."

"Cachorrinho" deve ser considerado um excesso de ternura, pois Zig era, sem o mínimo intuito de ofensa, mas apenas por amor à verdade, um cachorrão. E a verdade é que mordeu um número maior de pessoas do que o necessário para manter a ordem em Cachoeiro de Itapemirim. Evitávamos, por isso, que ele saísse muito à rua, e o bom cachorro (sim, no fundo era uma boa alma) gostava mesmo de ficar em casa; mas se alguém saía ele tratava de ir atrás.

Contam que uma de minhas irmãs perdeu o namorado por causa da constante e apavorante companhia de Zig.

Quanto à minha mãe, ela sempre teve o cuidado de mandar prender o cachorro domingo pela manhã, quando ia à missa. Às vezes, entretanto, acontecia que o bicho escapava; então descia a escada velozmente atrás das pegadas de minha mãe. Sempre de focinho no chão, lá ia ele para cima; depois quebrava à direita e atravessava a Ponte Municipal. Do lado norte trotava outra vez para baixo e em menos de quinze minutos estava entrando na igreja apinhada de gente. Atravessava aquele povo todo até chegar diante do altar-mor, onde oito ou dez velhinhas recebiam, ajoelhadas, a Santa Comunhão.

Zig se atrapalhava um pouco – e ia cheirando, uma por uma, aquelas velhinhas todas, até acertar com a sua dona. Mais de uma vez o padre recuou indignado, mais de uma vez uma daquelas boas velhinhas trincou a hóstia, gritou ou saiu a correr assustada, como se o nosso bom cão que a fuçava, com seu enorme focinho úmido, fosse o próprio Cão de fauces a arder.

Mas que alegria de Zig quando encontrava, afinal, a sua dona! Latia e abanava o rabo de puro contentamento, e não a deixava mais. Era um quadro comovente, embora irritasse, para dizer a verdade, a muitos fiéis. Que tinham lá suas razões, mas nem por isso ninguém me convence de que não fossem criaturas no fundo egoístas, mais interessadas em salvar suas próprias e mesquinhas almas do que em qualquer outra coisa.

Hoje minha mãe já não faz a longa e penosa caminhada, sob o sol de Cachoeiro, para ir ao lado de lá do rio assistir à missa. Atravessou a ponte todo domingo durante muitas e muitas dezenas de anos, e está velha e cansada. Não me admiraria saber que Deus, não recebendo mais sua visita, mande às vezes, por consideração, um santo qualquer, talvez Francisco de Assis, fazer-lhe uma visitinha do lado de cá, em sua velha casa verde; nem que o Santo, antes de voltar, dê uma chegada ao quintal para se demorar um pouco sob o velho pé de fruta-pão onde enterramos Zig.

Outubro, 1948

DO TEMPERAMENTO DOS CANÁRIOS

Ora anda tão feio o mundo dos homens! Anda aborrecido e feio. É melhor não falar muito nisso. E quanto às mulheres... Mas, não. Meu ideal sempre foi escrever sobre passarinhos. Minha casa paterna era cheia de canários, belgas e da terra. Enchiam a casa de cantos, e se amavam e se reproduziam. Mas nunca tive tempo para meditar sobre sua vida íntima. Ah, bom tempo, em que os feros problemas do amor não perturbavam meu coração. Hoje vivo menos da vida que dos livros. Não tenho nenhum canário em casa. Tenho, porém, uma obra esplêndida em minha estante, intitulada *Manual prático do passarinheiro ou Guia conselheiro do criador de toda a qualidade de pássaros d'estimação, tais como papagaios, periquitos, canários, chapins, cacatuas, rouxinóis, pintassilgos etc., etc.* O autor é o doutor J. W. Edrich (médico-veterinário), e o livro é editado em Portugal.

"Quem há que possa não amar as aves quando espreita a sua encantadora vida íntima...", é assim que o doutor Edrich começa a escrever. Ele ama as aves devidamente engaioladas e quanto a sua vida íntima já verá o leitor como a espreita.

Começa falando das várias doenças dos pássaros, tais como constipação, perda de voz, asma, enfraquecimento ou consumpção, perda de apetite, apoplexia, prisão de ventre, ataques epiléticos, doença dos pés, unhas crescidas, piolhos, gordura demasiada, sufocação, languidez, tísica e doença de amor. Sobre esta última diz que "as fêmeas são mais propensas a esta enfermidade que os machos, sendo geralmente atacadas na primavera antes de serem acasaladas; definham pouco a pouco e morrem em poucos dias". Mas há remédio para tão terrível doença. "É suficiente para as curar dar-lhes um macho no momento em que se percebe a doença."

Quanto à "languidez", é uma doença que ataca os canários, "sobretudo quando estão em sítio sombrio e triste, ou ainda quando haja muitos machos numa mesma gaiola e tomam aversão uns aos outros". Aconselha mudar o canário de residência e acrescenta: "dar-se-á então, para os refrescar, miolo de pão branco molhado".

O doutor Edrich é um grande médico das doenças da alma, e quero resumir para o leitor o capítulo em que trata das "inclinações e temperamentos" dos canários, que parece ser sua especialidade. Ouçamo-lo:

"Há machos de temperamento triste, taciturno, raramente cantando e com um tom lúgubre; levam estes um tempo infinito a aprender o que se lhes quer ensinar e nunca aprendem perfeitamente... Acabam por entristecer por verem-se encerrados e em vez de instruírem-se costumam morrer... Estes canários são naturalmente feios, os seus pés e o pescoço estão sempre sujos e sua plumagem, mal-penteada, nunca está lisa, nem brilhante. Tais machos não podem gostar das fêmeas. De um caráter melancólico, quase nunca se alegram com o seu canto e os seus filhos não são geralmente melhores. Além disso o menor acidente que ocorra na gaiola torna-os taciturnos, entristece-os a ponto de os fazer morrer."

Vejamos agora outro tipo:

"Outros há que têm um caráter tão mau que matam as fêmeas, que se lhes dão para companheiras, mas estes machos tão maus para criar costumam ter qualidades que neutralizam os seus efeitos, como por exemplo um canto melodioso, boa plumagem e são muito familiares, para com toda a gente. Quanto mais carinhosos são os canários para com os seus amos, piores são para a cria e para a reprodução; de modo que não se devem juntar estes machos para acasalar. Há um só meio de domar esses machos: tomam--se duas fêmeas corajosas e com mais um ano de idade que ele; metem-se as duas numa gaiola durante o espaço de um mês, para que se conheçam bem e, não tendo ciúme uma da outra, não lutem pela possessão de um só macho. Um mês antes da época da incubação deixam-se as duas na mesma gaiola, e quando for tempo de acasalá-las, solta-se-lhes o macho. Este trata de acobardá-las, mas elas reúnem-se para a sua defesa comum e acabam por impor-se-lhe e vencê-lo pelo amor."

Vejamos mais para a frente:

"Encontram-se também entre os canários alguns indivíduos sempre ariscos, de um caráter rude, feroz e independente, em que não se pode tocar, nem fazer carícias, não se deixando tratar como os outros." O doutor Edrich recomenda simplesmente dar-lhes uma gaiola grande, não lhes tocar nem incomodar para nada, "devendo unicamente cuidar-se deles para lhes dar de comer, deixando-os depois entregues aos seus hábitos".

Vamos adiante:

"Há alguns machos indiferentes para com as fêmeas, sempre adoentados e encolhidos no seu ninho, a estes não convém acasalar porque os filhos costumam vir com os mesmos defeitos. Outros obrigam as suas fêmeas a sair do ninho, não as deixando chocar: costumam ser estes os mais robustos, os melhores para cantar e geralmente os de melhor plumagem; deve dar-se-lhes duas fêmeas. Há enfim canários que estão sempre alegres, cantando sempre, de caráter meigo, naturalmente ditosos e tão familiares que tomam a comida da mão e muitas vezes da boca. Bons esposos, bons pais, suscetíveis enfim de todos os bons sentimentos, e dotados das melhores inclinações, afagam sem cessar a fêmea com o seu canto, tendo tal cuidado com ela que a todos os instantes lhe dão a sua comida favorita, e a acariciam durante a pesada tarefa de chocar, parece que a convidam a mudar de posição, chocam eles próprios durante algumas horas da manhã e dão de comer aos filhos quando eles nascem."

Sobre o amor, ouçamos isto:

"Há canários que costumam escolher uma fêmea sem a ver. É suficiente que a ouçam piar para que não deixem de chamá-la, ainda que tenham outras na mesma gaiola. Esta maneira de acasalar costuma ser prejudicial para o macho, porque se tem visto morrerem de pena por não se lhes dar a fêmea que desejavam."

Quanto à vida conjugal, há casais de canários "que questionam constantemente, a sua antipatia aumenta cada vez mais e se se deixam juntos, fatigam-se de lutar; não comem, extenuam-se e acabam por ir morrendo um atrás do outro". O remédio é separá-los e depois soltá-los num viveiro em que haja outros canários. "Ver-se-á então o macho deixar a sua fêmea e acasalar-se com outra tão rapidamente como se tivessem vivido muito tempo juntos. As antipatias não cessam aqui porque se se promove alguma rixa no viveiro, ou para escolha dum ninho, ou pela comida, ou por qualquer outra coisa, os antagonistas colocam-se à frente dos partidos e fomentam a discórdia."

Em compensação há casais tão amorosos que se o canário cai doente é uma tragédia. O doutor Edrich recomenda isolar o macho, colocá-lo ao sol e borrifá-lo com um pouco de vinho branco, "remédio que convém a todas as suas enfermidades". E acrescenta: "Para que a fêmea não se entristeça muito, deixa-se-lhe ver o doente de tempos a tempos, metendo mesmo a pequena gaiola deste no viveiro em que ela vive". Mas, ah o coração das canárias! Ouçam este horrível conselho do sábio doutor Edrich: "Se a fêmea fica triste pela ausência do macho, deve dar-se-lhe outro que o substitua".

Não, não criarei canários. Eles são bons na infância, quando ouvimos seu canto e vemos seus vultos gentis a dar pulinhos, mas nada sabemos nem cuidamos de sua vida e amores...

Outubro, 1948

Aconteceu com Orestes

Confesso que ao pegar o *Diário Carioca*, vou diretamente à procura do "Dia Astrológico" fornecido por um senhor Mirakoff, redator interplanetário do fogoso matutino. Em minha tão distante mocidade gastei, confesso, em mesas de pôquer ou *cook-can* (naquele honrado tempo não se falava nem de "buraco" nem de "pif-paf" ou "biriba") longas noites que se houvessem sido dedicadas ao estudo dos bons autores me teriam provido, nesta amarga e fria velhice, de um cabedal de conhecimentos que não possuo e que, para falar com todo o descaramento, não me fazem falta alguma, ou fazem menos que o dinheiro perdido através das referidas noites para falsos e vorazes amigos que sempre tinham um *four* de sete quando eu me pavoneava em apostas levianas com um *flush* de copas todo vermelho e bonito, cheio de figuras e corações palpitantes. Nós, os sentimentais, não devemos jogar pôquer, jogo de matemáticos, é esta a moral. Criei, então, o hábito, muito comum entre tais viciados, de "filar" ou "chorar" a carta pedida; e ao ver a seção "Dia Astrológico" faço o mesmo. Ponho a mão sobre o pequeno trecho referente a pessoas nascidas entre 22 de dezembro e 20 de janeiro, que são minhas companheiras de infortúnio, e a vou retirando devagarinho. Costumo entregar-me a esse exercício logo após as minhas abluções matinais, à mesa do café; e, palavra por palavra, vou lendo até o fim a sentença dos astros para o dia que se inaugura.

"Sarcasmo e dores de garganta; a tarde será favorável para negócios de minas." Estremeço. Ouvirei ou direi sarcasmos? Como evitar dores de garganta? Qual dos meus amigos terá algum negócio escuso referente a minas para que eu possa adquirir urgentemente algumas ações e especular com violência? Às vezes os astros dizem coisas assim: "Complicações com o outro sexo, malícia e tonteiras" ou anunciam "Imaginação fantástica e negócios insolúveis, dores nos rins e nas pernas".

Está visto que não acredito nessas coisas, e meus rins jamais doeram. O fato, porém, é que não posso deixar de sentir um doce calor no coração quando os astros confessam que o dia nascente me traz "Espírito generoso e sucessos sociais". Isso predispõe bem qualquer pessoa, e desde logo evito fazer notar às pessoas responsáveis dentro de minha organização doméstica o fato de que a manteiga está rançosa e o leite, aguado. Afinal é difícil apurar a responsabilidade do ranço da manteiga, e talvez mesmo o dia astrológico esteja desfavorável à manteiga fresca; quanto ao leite, devemos ser generosos admitindo que quando a Comissão Central do Leite ou algum de seus prepostos lhe deita um pouco de água está, afinal de contas, obrando de maneira democrática, pois está possibilitando a um maior número de pessoas tomar leite embora mais fraco. Este pensamento generoso me faz bem e fico à espera dos sucessos sociais.

O mesmo não acontece se o senhor Mirakoff prevê "Irritabilidade, ânsia e gestos arrebatados". Nesses casos é inútil lutar contra o sistema planetário; o melhor é jogar imediatamente a manteigueira na cabeça da empregada e desfechar por escrito ou de viva voz ataques terríveis ao governo Vargas, que mantém essa sujíssima bandalheira do leite no Distrito Federal, em virtude da qual alguns espertalhões bem empistolados do PSD ganham fortunas, enquanto as criancinhas pobres definham subalimentadas, citando a opinião de um jornalista americano meu amigo, segundo a qual se certo dia alguém ousasse servir um leite tão infame na cidade de Nova York, o povo sairia para as ruas e toda a administração municipal seria amarrada em cadeiras elétricas e minuciosamente torrada.

Se o horóscopo anuncia "Notícias alvissareiras e negócios promissores" confesso que espero o carteiro com certa ânsia, e me posto algum tempo junto ao telefone; se nada obtenho, dou as caras pela rua Primeiro de Março à espera de que o senhor Guilherme Silveira me encontre ali pela calçada do Banco do Brasil e abrindo os braços exclame:

"Oh, Braga! Você vai me tirar de uma grande dificuldade. Imagine que estamos com excesso de caixa aqui no banco, e eu precisava me ver livre pelo menos de uns 150 mil contos. Você não conhece ninguém que tope um empréstimo? Olhe, eu faço a coisa barata, quatro por cento ao ano... Dê um jeito nisso, ó Braga irmão!"

Também é impossível não ficar impressionado quando do as "astralidades" (esta é uma palavra que parece exclusiva do senhor Mirakoff) predizem simplesmente: "Espírito brilhante. Favorabilidades. Cupido está favorável."

Abro a máquina com ímpeto e imediatamente me ponho a escrever coisas estupendas; cada frase minha vai cintilando, faiscando, reverberando com singular talento. Feito o que, ponho a minha famosa gravata dourada, coloco uma pequena flor à lapela e saio para a rua cheio de "favorabilidades", inteiramente à disposição das damas.

Devo confessar que nem as damas nem o senhor Guilherme Silveira parecem dar muita atenção aos astros. Leiam Mirakoff! – é a mensagem que lhes envio. Mas não leiam sempre. Há dias tristes, em que me sinto com "espírito versátil e medos infundados" ou "misantropia e desequilíbrio arterial pela tarde, e a noite será de nostalgia".

*

E a verdade é que, embora exagerando um pouco nos dias a favor, o senhor Mirakoff passou anos a me dirigir razoavelmente a pobre vida. Triste bicho deste pequeno e úmido planeta eu me sentia sob a influência dos signos misteriosos que a ciência dos caldeus lia nas curvas cerúleas do Infinito, e quando Saturno entrava em Virgo ou Vênus atingia os Peixes eu sentia coisas estranhas dentro de mim, e me punha a empreender viagens, ou fazer novas relações ou evitar negócios de imóveis, obediente, como um peru, às linhas do zodíaco.

Mas ah, professor Mirakoff! Tudo de repente começou a falhar, e me voltei para os astros inquieto e surpreso como alguém que olhasse o maquinismo do relógio que de repente começou a endoidar. Os planetas não estavam mais funcionando, e cada um começou a errar como bêbado pelas faixas proibidas, como se o senhor Edgard Estrela, da Diretoria do Trânsito, do Governo Celeste, tivesse baixado uma nova portaria, ainda não compreendida. Em meio às piores "conjugações" eu boiava feliz dentro de um sonho, e os milagres esvoaçavam à minha volta como colibris entre papoulas lindas; e quando deviam chover do sol "favorabilidades" a flux, eu mergulhava nas trevas do mais torpe e vil desânimo.

Não leiam Mirakoff! Mirakoff não sabe nada, murmurei então. Mas um amigo que me conhece e espreita segurou-me o braço e abanou a cabeça. "Não, Braga, não. Mirakoff está certo marcando o destino das pessoas que vivem na Terra: mas tu, ó imprudente, andas com um pé no Céu e outro no Inferno e ora tombas de um lado e ora tombas de outro, e não há planeta que te domine pois entregaste tua alma a outra alma, e tu não és mais tu, nem mais sabes de ti. Lembra-te de Orestes!"

Pensei em Orestes, o matricida, irmão de Electra, rei de Argos e da Lacedemônia, mas ele falava de Orestes Barbosa dizendo à sua amada: "Tu pisavas nos astros distraída..."

E compreendi tudo. Adeus, professor Mirakoff.

Outubro, 1948

Que venha o verão

O arguto repórter esquadrinha a avenida Atlântica, dos Marimbás ao Teatrinho Íntimo. Pode conhecer prédio por prédio e fazer a mais rigorosa sociologia de quarteirão. Mas aparece um homem tonto pela madrugada e esse homem descobre as coisas. Então, se alguém faz o mapa e o relatório de Copacabana, ele olha, e diz:

— Falta o pinheiro.

E se alguém se lembrar do pinheiro ele murmurará:

— E as rolinhas?

Porque entre o Lucas e o Alcazar existe, junto à praia, um pinheiro; e quando a barra do dia vem nascendo, nele não pousam sabiás nem pardais, e sim rolinhas. Moram ali? Seria precipitado informar; nem a administração municipal o saberá talvez; o tonto não investigou, o tonto não investiga nada. Ele apenas viu rolinhas.

Aprender uma cidade é, na verdade, uma coisa lenta. É preciso, entretanto, saber algumas coisas, e precisamos andar distraídos, bem distraídos, para reparar essas coisas. Já sei que contra mim murmurarão com ódio os filisteus hodiernos, os quais proclamam que não se deve sequer abordar um assunto sem antes proceder a um estudo objetivo e a uma observação cuidadosa dos fatos e das circunstâncias; lançam-me sobre a cabeça volumes de estatísticas, e pregam antes de tudo a necessidade de um método científico. Está bem, eu não digo nada. Retiro o meu pinheiro, peço mil desculpas pelas suaves rolinhas. É melhor talvez guardar o mais profundo segredo.

Mas talvez haja, num desses apartamentos, alguma criança que se debruce à janela todo dia pela manhã, talvez comendo um pedaço de pão com manteiga. E toda manhãzinha verá lá embaixo o asfalto, e depois a calçada de pedrinhas brancas e pretas e depois a praia, e o amplo mar, e o sol nascente, e o céu; e ali bem perto, o pinheiro verde-escuro e as rolinhas. E esse quadro ficará na memória dessa criança como o gosto de pão com manteiga da infância, e o movimento amplo das ondas, e a fresca brisa matutina, e um sol de outubro nascendo tão absurdamente grande e vermelho, tão irreal como se alguém estivesse suspendendo lentamente no horizonte uma lanterna japonesa, dessas de papel de seda. Talvez recorde ainda já alta, sobre o mar, mais para o sul, a Estrela da Manhã sobrevivente. E mais tarde, exilado talvez entre montanhas, lembrará essas coisas, e ainda luas estranhas e ventos poderosos; e o pinheiro estará plantado em sua lembrança, como no centro de sua vida, com a geometria caprichosa de seu desenho. E esse pinheiro será a sua árvore, a sua Copacabana, o segredo tão remoto e grave que talvez nunca se lembre sequer de contá-lo à amante mais amada.

São toleimas, senhor. São extravagantes toleimas que andais a tolejar, falto, porventura, de assunto, quando não de siso. Temos de há muito neste país um Instituto Nacional do Pinho, ao qual devem se dirigir as pessoas desejosas de obter qualquer informe sobre a referida árvore; e no Ministério da Agricultura, ou na Secretaria da Agricultura do Distrito Federal deve haver algum funcionário encarregado da situação das rolinhas, pelo menos do que elas fazem durante as horas de expediente. Para informes de caráter particular consultem Eurico Santos, autor de *Da ema ao beija-flor* e que acaba de publicar um volume que eu preciso adquirir logo que tiver 95 cruzeiros bobeando no bolso, sobre pássaros do Brasil. Faço uma pequena biblioteca de bichos, o que é um meio de empalhar ternuras. Na realidade devia haver também grandes livros descrevendo mulheres, com a narração minuciosa e gravura de seus tipos, pequenas amostras ou reprodução a cores de cabelos, pele, disco autêntico da voz contendo um suspiro e uma exclamação de tédio e um gemido de amor, quem sabe pequenos filmes, ficha histórica, resenha das maiores tristezas e loucuras, e retrospecto sinótico emotivo no fim da obra. Os antigos eram talvez mais sábios, eles recebiam das amadas cachinhos de cabelos com fita azul, e é terrível pensar que o sentimento de cavalheirismo era neles tão rígido que às vezes os devolviam dentro de velhas cartas de amor, cancelando o passado e a saudade futura; os antigos eram sábios, e fortes.

Nós vivemos desarmados e corremos todo o risco; hoje as mulheres são espertas e aborrecem o amor, ou então disparam a nos amar da maneira mais incongruente e nefasta para de súbito adorarem um amigo outrora íntimo.

E, como é novembro, alguém me chama a atenção para o fato de como o grande gato perde os pelos nesta quadra do ano, com o que sabiamente se prepara para o próximo verão. São também sábios os gatos. Vejo esse ali deitado na poltrona, e aparentemente não está fazendo nada, na realidade está trabalhando, está perdendo seus pelos, preparando-se para o verão, talvez ainda aproveitando para pensar suas coisas, lembrar quem sabe velhos telhados escuros de limo em noites de lua crescente. Já fui acusado de gostar de mulheres tristes. Não é verdade. Amo-as vivas e animais, distraídas como rolas e egoístas como gatos. Até me apraz que façam um certo ruído levemente aborrecido: por exemplo, tagarelem muito enquanto me ponho a pensar minhas pobres coisas.

Quem me vê escrever assim também pensa que não estou fazendo nada, a não ser parolagem vaga e à toa; na verdade procuro superar esta primavera de 1948, que está forte no repuxo e melancólica no fundo. Que venha um grande verão de acácias chovendo ouro e cigarras cantando, venha um grande verão com sua inocente força animal, como os grandes verões de antigamente!

Novembro, 1948

MARIONETES

O menino ganhou uma grande caixa vermelha vinda de Praga. Dentro há um teatrinho de marionetes. Um palco de madeira e papelão e cenários em cores ingênuas. Os bonecos são muitos; são personagens de lendas estranhas, fugidos de castelos medievais. Há pequenas camponesas de vestes coloridas, velhotas gaiatas que estão sempre rindo e agitando as mãos, um diabo todo preto, de nariz e sobrancelhas vermelhas e uma cauda inquieta; um rei de barba cor de prata, um guerreiro e um guarda campestre de espingardas e bigodes; a Morte, naturalmente sob forma de esqueleto; meninas, palhaços, um narigudo de casaca preta e nariz vermelho, um juiz que também pode ser um velho feiticeiro – e um pequeno dragão verde, esplêndido, que meneia o rabo e escancara de modo prodigioso a bocarra de enormes dentes.

O menino já descobriu que o pequeno palhaço tem a cabecinha desmontável – e com um rápido jogo da cortina de papel pode dar a ilusão de que o dragão o divide em dois. E que a bailarina, apesar de tcheca, é craque no *Tico-tico no fubá*.

Disseram-me para escrever uma peça para o menino, mas não tive jeito. Sinto-me burro e cinzento diante desse pequeno mundo vivo e colorido. Leio muitos jornais, e até escrevo neles; acompanho os trabalhos do Parlamento; interesso-me pelo noticiário da missão Abbink e pelos argumentos contra e a favor da exportação de manganês;

fico atento, sem nada ter com isso, às manobras em torno da recomposição do PSD em Minas e aos debates da Comissão Central de Preços... Estou, na verdade, muito burro. Acabaria inventando uma história fria, cacete e de mau gosto. Não tenho o direito de levar meu pessimismo pardo e minha cansada estupidez a esse palco de sonhos coloridos. O menino, então, leva horas, sozinho, a mexer com os bonecos. Puxa-lhes os cordéis, faz com que briguem, se abracem, ou desmaiem. Depois chegam outros meninos e começa a representação. Não escreveu, nem sequer imaginou nenhuma peça. Vai inventando. E assim, ao acaso, lança os personagens no palco, pegando às vezes o que está mais perto, seja capeta, mulher ou guerreiro antigo. Inventa falas, improvisa enredos, cria situações terríveis que resolve muito naturalmente com sua prepotência de pequeno deus. Quando está cansado de um personagem, seja a Morte ou seja o Rei, faz com que outro lhe aplique uma surra e o expulse de cena – ou simplesmente o lança fora, sem explicar por que veio, nem por que se foi. Como tem uma vitrolinha francesa, faz com que tudo isso aconteça ao som de *Au clair de la lune* ou *Sur le pont d'Avignon*. E haja o que houver tudo acaba sempre muito bem, com bonecos dançando e o dragão a abanar alegremente o rabo.

As crianças fazem demasiado barulho. Fecho a porta do escritório, volto a ler meus jornais. Pacientemente percorro os telegramas das agências, o noticiário da Câmara, as audiências do senhor presidente da República, noticiário de institutos, editoriais sobre a situação de Berlim, sobre o preço do café... E tudo isso é também absurdo; há enredos estranhos, personagens que entram e saem ninguém sabe por que, ministros, bailarinas, moleques...

Tenho vontade de ir lá dentro chamar o menino, entregar-lhe o Brasil e o Mundo, pedir-lhe para organizar, com todos esses bonecos terríveis e gaiatos, uma história mais coerente e mais divertida.

Dezembro, 1948

AGRADECIMENTO

Pende sobre a calçada, na minha rua, o primeiro cacho de ouro de uma acácia.

O dia está feio, é um dia de mormaço. Fui à cidade ver umas coisas, mas também o dia civil estava mormacento e ruim. Quem procurei não achei, e achei quem não procurei. O que eu queria não era possível. Meio caceteado, meio aflito, fiquei impaciente e resolvi voltar para casa, ler um livro até a hora da janta, adiar qualquer providência e preocupação para o dia seguinte. Vim em um lotação apertado entre duas mulheres feias – uma sardenta e gorda, outra com um cheiro gorduroso e enjoado nos cabelos – que não se conheciam mas entabularam longa e mortificante conversação sobre o meu cadáver.

A certa altura, quando o carro parou para descer um passageiro da frente, eu quis ser gentil e, sobretudo, me livrar daquela conversa sobre calor, empregadas e preços das coisas, que estava me massacrando: ofereci a uma das senhoras ocupar o meu lugar; eu passaria para o lado de fora.

Ela custou a entender, e afinal disse que não senhor, preferia ficar perto da janelinha.

— Era para as senhoras conversarem mais à vontade...

As duas trocaram, sobre minha derrotada pessoa, um olhar que encerrava um comentário qualquer, seguramente depreciativo, sobre a mesma e triste pessoa – e continuaram a falar.

Quando saltei na esquina dei um suspiro de alívio. Pensei com certa raiva em José Lins do Rego, cujas crônicas sobre "Conversas de lotação" parecem animar essas palradoras – e foi então que vi o primeiro cacho dourado de acácia.

Oh, Deusa das Árvores, eu te agradeço. Eu te agradeço pela tua força invencível que faz renascer a tímida alegria verde das folhas nos troncos mutilados e por essas flores que se despencam sobre a rua.

Elas são o teu sorriso simples. No dia em que um homem sente a sua solidão e sua tristeza, e toda a humanidade em volta dele parece ao mesmo tempo distante e opressiva – tu é que trazes aos seus olhos a pequena festa cordial, o doce aviso da vida boa. Ele não pensa em amigo, nem em criança, nem em mulher, nem bicho; todos esses seres são animais como ele, egoístas como ele, e pedem gestos, palavras, correspondências, pagamento.

Ele está cansado e gasto, enjoado de distribuir ternura e se sentir vazio – e tu lhe mandas essa humilde saudação gratuita, essa coisa tão bela que é uma penca de flores, feita de fundo da terra e de vento e água do ar, feita de luz e de nada.

E ele, que não pedia nada, ele para comovido diante de tua oferta, oh Deusa linda; e muito baixo, para que ninguém o ouça e o julgue louco, sem ousar beijar uma pétala dessa flor, sem querer tocar sequer nesse milagre feliz, ele murmura "obrigado".

Dezembro, 1948

CONTO DE NATAL

Sem dizer uma palavra o homem deixou a estrada, andou alguns metros no pasto e se deteve um instante diante da cerca de arame farpado. A mulher seguiu-o sem compreender, puxando pela mão o menino de seis anos.

— Que é?

O homem apontou uma árvore do outro lado da cerca. Curvou-se, afastou dois fios de arame e passou. O menino preferiu passar deitado, mas uma ponta de arame o segurou pela camisa. O pai agachou-se zangado:

— Porcaria...

Tirou o espinho de arame da camisinha de algodão e o moleque escorregou para o outro lado. Agora era preciso passar a mulher. O homem olhou-a um momento do outro lado da cerca e procurou depois com os olhos um lugar em que houvesse um arame arrebentado ou dois fios mais afastados.

— Pera aí...

Andou para um lado e outro e afinal chamou a mulher. Ela foi devagar, o suor correndo pela cara mulata, os passos lerdos sob a enorme barriga de oito ou nove meses.

— Vamos ver aqui...

Com esforço ele afrouxou o arame do meio e puxou-o para cima. Com o dedo grande do pé fez descer bastante o de baixo.

Ela curvou-se e fez um esforço para erguer a perna direita e passá-la para o outro lado da cerca. Mas caiu sentada num torrão de cupim.

— Mulher!

Passando os braços para o outro lado da cerca o homem ajudou-a a levantar-se. Depois passou a mão pela testa e pelo cabelo empapado de suor.

— Pera aí...

Arranjou afinal um lugar melhor, e a mulher passou de quatro, com dificuldade. Caminharam até a árvore, a única que havia no pasto, e sentaram-se no chão, à sombra, calados.

O sol ardia sobre o pasto maltratado e secava os lameirões da estrada torta. O calor abafava, e não havia nem um sopro de brisa para mexer uma folha.

De tardinha seguiram caminho, e ele calculou que deviam faltar umas duas léguas e meia para a fazenda da Boa Vista quando ela disse que não aguentava mais andar. Ele pensou em voltar até o sítio de "seu" Anacleto.

— Não...

Ficaram parados os três, sem saber o que fazer, quando começaram a cair uns pingos grossos de chuva. O menino choramingava.

— Eh, mulher...

Ela não podia andar e passava a mão pela barriga enorme. Ouviram então o guincho de um carro de bois.

— Ô, graças a Deus...

Às sete horas da noite, chegaram com os trapos encharcados de chuva a uma fazendazinha. O temporal pegou-os na estrada e entre os trovões e os relâmpagos a mulher dava gritos de dor.

— Vai ser hoje, Faustino, Deus me acuda, vai ser hoje.

O carreiro morava numa casinha de sapê, do outro lado da várzea. A casa do fazendeiro estava fechada, pois o capitão tinha ido para a cidade há dois dias.

— Eu acho que o jeito...

O carreiro apontou a estrebaria. A pequena família se arranjou lá de qualquer jeito junto de uma vaca e um burro.

No dia seguinte de manhã o carreiro voltou. Disse que tinha ido pedir uma ajuda de noite na casa de "siá" Tomásia, mas "siá" Tomásia tinha ido à festa na Fazenda de Santo Antônio. E ele não tinha nem querosene para uma lamparina, mesmo se tivesse não sabia ajudar nada. Trazia quatro broas velhas e uma lata com café.

Faustino agradeceu a boa vontade. O menino tinha nascido. O carreiro deu uma espiada, mas não se via nem a cara do bichinho que estava embrulhado nuns trapos sobre um monte de capim cortado, ao lado da mãe adormecida.

— Eu de lá ouvi os gritos. Ô Natal desgraçado!

— Natal?

Com a pergunta de Faustino a mulher acordou.

— Olhe, mulher, hoje é dia de Natal. Eu nem me lembrava...

Ela fez um sinal com a cabeça: sabia. Faustino de repente riu. Há muitos dias não ria, desde que tivera a questão com o coronel Desidério, que acabara mandando embora ele e mais dois colonos. Riu muito, mostrando os dentes pretos de fumo:

— Eh, mulher, então "vamo" botar o nome de Jesus Cristo!

A mulher não achou graça. Fez uma careta e penosamente voltou a cabeça para um lado, cerrando os olhos.

O menino de seis anos tentava comer a broa dura e estava mexendo no embrulhinho de trapos:

— Eh, pai, vem vê...

— Uai! Pera aí...

O menino Jesus Cristo estava morto.

Dezembro, 1940

A SECRETÁRIA

Procuro um documento de que preciso com urgência. Não o encontro, mas me demoro a decifrar minha própria letra, nas notas de um caderno esquecido que os misteriosos movimentos da papelada pelas minhas gavetas fizeram vir à tona.

Isso é que dá encanto ao costume da gente ter tudo desarrumado. Tenho uma secretária que é um gênio nesse sentido. Perdeu, outro dia, cinquenta páginas de uma tradução.

Tem um extraordinário senso divinatório, que a leva a mergulhar no fundo do baú do quarto da empregada os papéis mais urgentes; rasga apenas o que é estritamente necessário guardar mas conserva com rigoroso carinho o recibo da segunda prestação de um aparelho de rádio, que comprei em São Paulo em 1941. Isso me fornece algumas emoções líricas inesperadas: quem não se comove de repente quando está procurando um aviso de banco e encontra uma conta de hotel de Teresina de quatro anos atrás, com todos os vales das despesas extraordinárias, inclusive uma garrafa de água mineral? Caio em um estado de pureza e humildade; tomar uma água mineral em Teresina, numa saleta de hotel, quatro anos atrás...

Não importa que ela faça sumir, por exemplo, minha carteira de identidade. Afinal estou cansado de saber que sou eu mesmo; não me venham lembrar essa coisa, que me entristece e desanima. Prefiro lembrar esse telefone de Buenos

Aires que anotei, com letra nervosa, em um pedaço de maço de cigarros, ou guardar com a maior gravidade esse bilhete que diz: "Estive aqui e não te encontrei. Passo amanhã. 'S.'" Quem é esse "S." ou essa "S." e por que, e onde e quando procurou minha humilde pessoa? Que sei? Era afinal, uma criatura humana, alguém que me procurava. Lamento que não estivesse em casa. Espero que eu tenha tratado bem a "S.", que "S." tenha encontrado em mim um apoio e não uma decepção – e que ao sair de minha casa ou de meu quarto do hotel tenha murmurado consigo mesmo – "o Rubem é um bom sujeito".

Há papéis de visão amarga, que eu deveria ter rasgado dez anos atrás; mas a mão caprichosa de minha jovem secretária, que o preservou carinhosamente, não será a própria mão da consciência a me apontar esse remorso velho, a me dizer que devo lembrar o quanto posso ser inconsciente e egoísta? Seria melhor talvez esquecer isso; e tento me defender diante desse papel velho que me acusa do fundo do passado. Não, eu não fui mau; andava tonto; e pelo menos era sincero.

Mas para que diabo tomei tantas notas sobre a produção de manganês – e por que não mandei jamais esta carta tão afetuosa, tão cheia de histórias e tão longa a um amigo distante?

Meus arquivos, na sua desordem, não revelam apenas a imaginação desordenada e o capricho estranho da minha secretária. Revelam a desarrumação mais profunda, que não é de meus papéis, é de minha vida.

Sim, estou cheio de pecados; e quando algum dia for chamado a um tribunal, humano ou celeste, para me julgar,

talvez a única prova a meu favor que encontre à mão seja
essa pequena nota com um PG a lápis e uma assinatura
ilegível que atesta que – se respondi com frieza a muita
bondade e paguei com ingratidão ou esquecimento algum
bem que me fizeram – pelo menos, Senhor, pelo menos
é certo que saldei corretamente a nota da lavagem de um
terno de brim à lavanderia Ideal, de Juiz de Fora, em 1936...
E esta certeza humilde me dá um certo consolo.

Janeiro, 1949

Uma lembrança

Foi em sonho que revi a longamente amada; sentada numa velha canoa, na praia, ela me sorria com afeto. Com sincero afeto – pois foi assim que ela me dedicou aquela fotografia com sua letra suave de ginasiana. Lembro-me do dia em que fui perto de sua casa apanhar o retrato, que me prometera na véspera. Esperei-a junto a uma árvore; chovia uma chuva fina. Lembro-me de que tinha uma saia escura e uma blusa de cor viva, talvez amarela; que estava sem meias. Os leves pelos de suas pernas lindas queimados pelo sol de todo o dia na praia estavam arrepiados de frio. Senti isso mais do que vi, e, entretanto, esta é a minha impressão mais forte de sua presença de quatorze anos: as pernas nuas naquele dia de chuva, quando a grande amendoeira deixava cair na areia grossa pingos muito grandes. Falou muito perto de mim, e perguntei se tomara café; seu hálito cheirava a café. Riu, e disse que sim, com broas. Broas quentinhas, eu queria uma? Saiu correndo, deu a volta à casa, entrou pelos fundos, voltou depois (tinha dois ou três pingos de água na testa) com duas broas ainda quentes na mão. Tirou do seio a fotografia e me entregou.

Dei uma volta pela praia e pelas pedras para ir para casa. Lembro-me do frio vento sul, e do mar muito limpo, da água transparente, em maré baixa. Duas ou três vezes tirei do bolso a fotografia, protegendo-a com as mãos para que não se molhasse, e olhei. Não estava, como neste sonho de agora, sentada em uma canoa, e não me lembro como estava, mas era na praia e havia uma canoa. "Com sincero afeto..." Comi uma broa devagar, com uma espécie de unção.

Foi isso. Ninguém pode imaginar por que sonha as coisas, mas essa broa quente que recebi de sua mão vinte anos atrás me lembra alguma coisa que comi ontem em casa de minha irmã. Almoçamos os dois, conversamos coisas banais da vida da cidade grande em que vivemos. Mas na hora da sobremesa a empregada trouxe melado. Melado da roça, numa garrafa tampada com um pedaço de sabugo de milho – e veio também um prato de aipim quente, de onde saía fumaça. O gosto desse melado com aipim era um gosto de infância. Lembra-me a mão longa de uma jovem empregada preta de minha casa: lembro-me quando era criança, ela me servia talvez aipim, então pela primeira vez eu reparei em sua mão, e como era muito mais clara na palma do que no dorso; tinha os dedos pálidos e finos, como se fosse uma princesa negra.

Foi no tempo da descoberta da beleza das coisas: a paisagem vista de cima do morro, uma pequena caixa de madeira escura, o grande tacho de cobre areado, o canário-belga, uma comprida canoa de rio de um só tronco, tão simples, escura, as areias do córrego sob a água clara, pequenas pedras polidas pela água, a noite cheia de estrelas... Uma descoberta múltipla que depois se ligou tudo a essa moça de um moreno suave, minha companheira de praia.

Foi em sonho que revi a longamente amada; entretanto, não era a mesma; seu sorriso e sua beleza que me entontecia haviam vagamente incorporado, atravessando as camadas do tempo, outras doçuras, um nascimento dos cabelos acima da orelha onde passei meus dedos, a nuca suave, com o mistério e o sossego das moitas antigas, os braços belos e serenos. Gostaria de descansar minha cabeça em seus joelhos, ter nas mãos o músculo meigo das panturrilhas. E devia ser de tarde, e galinhas cacarejando lá fora, a voz muito longe de alguma mulher chamando alguma criança para o café...

Tudo o que envolve a amada nela se mistura e vive, a amada é um tecido de sensações e fantasias e se tanto a tocamos, e prendemos e beijamos é como querendo sentir toda sua substância que, entretanto, ela absorveu e irradiou para outras coisas, o vestido ruivo, o azul e branco, aqueles sapatos leves e antigos de que temos saudade; e quando está junto a nós imóvel sentimos saudade de seu jeito de andar; quando anda, a queremos de pé, diante do espelho, os dois belos braços erguidos para a nuca, ajeitando os cabelos, cantarolando alguma coisa, antes de partir, de nos deixar sem desejo mas com tanta lembrança de ternura ecoando em todo o corpo.

Foi em sonho que revi a longamente amada. Havia praia, uma lembrança de chuva na praia, outras lembranças: água em gotas redondas correndo sobre a folha da taioba ou inhame, pingos d'água na sua pele de um moreno suave, o gosto de sua pele beijada devagar... Ou não será gosto, talvez a sensação que dá em nossa boca tão diferente uma pele de outra, esta mais seca e mais quente, aquela mais úmida e mansa. Mas de repente é apenas essa ginasiana de pernas ágeis que vem nos trazer o retrato com sua dedicatória de sincero afeto; essa que ficou para sempre impossível sem, entretanto, nos magoar, sombra suave entre morros e praia longe.

Janeiro, 1949

Os romanos

Foi no Leblon, no domingo de sol, e não era escola de samba nem rancho direito, era apenas uma tentativa de rancho, sem mulheres, sem música própria. Eram quase todos negros e mulatos, quase todos muito fortes e vestidos da maneira mais imaginosa, com saiotes e escudos e capacetes com muitos dourados e prateados, e de espada na mão. Cantavam o samba estranho *Maior é Deus do Céu* e no estandarte estava escrito assim: "Henredo o Império Romano".

Todos achamos graça nesse H que dava ao enredo, que afinal não era enredo nenhum, uma súbita solenidade, sugerindo graves palavras históricas e heroicas, hostes de hunos, hierofantes, hieróglifos e hierarquias. E era muito guerreira a marcação da bateria – e Júlio César, com seu capacete de papel prateado de dois palmos de altura acima do pixaim, e brandindo com o enorme braço negro uma espada de ouro, nunca esteve tão soberbo na sua glória.

Não, não morreu o Império Romano, embora Mussolini fizesse questão de suicidá-lo pela segunda vez. Ele rebenta soberano do fundo dos carnavais e tu, Marco Antônio, continuas a suspirar pela serpente do velho Nilo. E tu, Cleópatra, continuas a dizer ao homem que envias para vigiar o teu amado: "Se o achares triste, dize que eu estou dançando; se o achares alegre dize que adoeci de súbito..."

E esses pretos e mulatos que hoje dominam o mundo com suas espadas de bobagem, e se fazem Neros e Brutus e Calígulas, são os mesmos que de súbito se precipitam esfarrapados no "sujo" mais feroz – pois quando não são imperadores preferem ser miseráveis terríveis e não os pobres contribuintes da taxa sindical do ano inteiro.

A secreta gravidade e a espantosa riqueza do carnaval chocam-se com essa arrumação extraordinariamente pífia que os decoradores da Prefeitura fizeram na avenida, em um requinte de mau gosto que tenta ser popular e fica sendo apenas ruim – e com a indigência mental desses carros alegóricos subvencionados, sem espírito, nem beleza, nem nada.

Pelo gosto da Prefeitura acabaríamos na infinita palermice de um carnaval de Buenos Aires, com aqueles funcionários municipais fazendo préstitos e a multidão aborrecida e enorme.

Mas no seio do povo rebentam as imaginações como flores de loucura, esses sambas chorando, esses batuques heroicos, essa invenção incessante onde se despeja toda a fantasia, toda a tristeza, toda a opressão dos homens.

Bem-aventurados os que fazem o carnaval, os que não fogem nem se recolhem, mas enfrentam as noites bárbaras e acesas, bem-aventurados os gladiadores e Césares e chiquitas e baianas, e que a vida depois lhes seja leve na volta do sonho em que se esbaldam!

Fevereiro, 1949

Regência

Regência, na beira sul da foz do Rio Doce... Daqui para cima todo o vale se agita numa febre de progresso; motores novos pulsam no rio, a estrovenga limpa o mato, o machado abate os troncos, o cacau se alastra, as serrarias guincham, os colonos requerem terras, a ferrovia se renova, os minérios são arrancados da terra, os americanos fazem contratos, os baianos chegam ávidos de dinheiro.

Mas Regência dormita. Ali mesmo do outro lado, a menos de uma légua rio acima, um lugar que só tem o nome de Povoação está crescendo; já se mudou para lá o juiz distrital, já lá se foi o registro civil; lá se fundam fazendas, lá se abrem casas, lá se ganha dinheiro depressa. Em Regência as casas são todas relativamente novas e feias; a igrejinha é de um medíocre estilo comercial. Isso me espanta; não ficou nada da antiga Barra do Rio Doce, da nobre Regência Augusta, pátria do Caboclo Bernardo?

Pergunto onde morava o Caboclo Bernardo. Dizem-me que era perto da igreja, ali... onde está aquela comprida canoa de peroba. A velha Regência o rio comeu, lambendo devagar uns 250 metros de barranco onde estava a povoação toda... "Aqui onde nós estamos – explica-me um caboclo velho –, aqui a onça vinha pegar bode."

No extremo ocidental da aldeia há cinco coqueiros; um deles já pende sobre as águas, que lhe lambe a terra sob as raízes. O baixo Rio Doce fica de ano para ano mais largo e mais raso.

Estico-me debaixo de uma árvore, no capim, à beira-rio. Esse matinho ralo aqui perto me é familiar: vassoura, guaxima, assa-peixe. E a casa de pensão tem um jardim desordenado e ingênuo, de acácias, amor-de-homem, cravo-de-defunto e cravo-de-cachorro. E no meio de tudo um pé de aipim, com seu caule de um violeta escuro, os ramos um pouco mais claros, as folhas de um verde que vai da roseira até o roxeado, com uma delicadeza de veias tênues que fazem esse arbusto delicado e flexível lembrar certas morenas finas em que o azul das veias sob a pele tem um leve tom violáceo.

Ando pela beira do rio e recolho essa semente não sei de quê, a que chamávamos olho-de-boi; me lembro de que às vezes a gente a esfregava numa pedra e quando estava bem quente a encostava na perna de outro menino.

Um caboclinho está pescando e lhe peço a iba, que aqui se chama, bem mais explicado, pindaíba. Sinto um peixe que não belisca, mas puxa mansamente o anzol, e sussurro para o menino um nome de que não me lembrava mais desde a infância: "Acho que é moreia..." Um puxão mais longo, e a moreia vem no anzol. Essa pequena vitória me enche de uma secreta delícia; então esses inumeráveis anos de bater à máquina, de fazer tanto gesto mecânico no exílio urbano não me tiraram essa sensibilidade de menino que ainda reconhece a moreia e sabe o instante exato de puxá-la. Aqui o lambari de São Paulo e Minas se chama, como no Itapemirim, piaba; aqui reencontro meus peixes, minhas palavras no seu sentido antigo, uma vida de beira-rio que afinal nem de todo se perdeu.

Quando anoitece ainda ando pela margem. Vejo então uma caboclinha de seis ou sete anos que parece muito ocupada. Está sozinha naquela boca da noite; apanha água no rio com uma latinha, atravessa um pequeno trecho de areia, senta-se no capim e lava os pés. Depois volta a pisar na areia, sujando outra vez os pés, apanha água, volta para o capim. Faz isso muito séria, tirando um gozo infinito desse brinquedo ingênuo e pateta. Fico a olhá-la em silêncio, e ela não me vê, toda entregue ao seu trabalho singular. Seu vulto escurinho de índia, com os cabelos muito pretos e lisos caindo pelas costas, se move na penumbra da beira-rio.

Chamo-a. Leva um susto e depois, a qualquer tolice que lhe digo, ri muito seu risinho de dentes agudos e miúdos. Dou-lhe uma prata, fico sabendo que se chama Zezita. Sai correndo, abaixa-se mais adiante, apanha alguma coisa e traz para mim. É o seu tesouro daquele dia que deixara ali: um camarãozinho pegado a mão, e ainda vivo, duas vagens de ingá maduro.

Aceito um ingá. Sento-me ao seu lado no capim, diante do grande rio que desce com um vago murmúrio; ficamos em silêncio, na noitinha olhando o rio, cuspindo o caroço preto do ingá...

Fevereiro, 1949

Imitação da vida

Recebo muitos livros, e tenho pouco tempo de ler. Assim, devo confessar a João Vogeler que ainda não li sua peça radiofônica em três atos *Imitação da vida*.

O título me parece bom, ainda que um pouco triste. Mas o livro me agradou, pelo seu jeito feliz, a começar pelo retrato do autor na primeira página, meio espantado, meio sorridente, de camisa de peito duro, no dia de sua formatura. Também pelas muitas homenagens que rende a um tio seu, já falecido, o conhecido maestro Henrique Vogeler.

É o sentimento familiar intenso que torna simpático esse livrinho. Antes de chegar à primeira página do texto o leitor é apresentado a toda uma honesta e agradável família. Aqui está, por exemplo, um retratinho da esposa do autor, muito sorridente, de véu, no dia em que convolou as felicíssimas núpcias. E em "sincera homenagem ao grande patrício João Condé" aqui está o *flash* que o autor fez de si mesmo, um *autoflash* bastante sóbrio, graças ao qual posso informar com a maior segurança aos leitores que Teodoro Narciso de Melo Júnior (João Vogeler) nasceu em 1919, mede 1,66, pesa 63 quilos, é sócio da ABI, congregado mariano, fuma Hollywood com cortiça, aprecia a boa música e o basquetebol, adora lagarto com legumes, é gastador e ama sua dedicada esposa, idolatra sua mãe, admira seu pai, adora sua filhinha.

Quanto à sua esposa, devemos confessar que nasceu em 1913, fato cuja melancolia eu melhor do que ninguém posso aferir; porém não gosta de novelas radiofônicas, nem de cinema, é esposa exemplar e mãe amantíssima, professora de Corte e Costura, muito simples, gosta de passear com o marido e a filha aos domingos, e é econômica e "mui prudente". Costuma dizer o seguinte: "o mundo, com seu luxo e outras tolices, não vale o meu lar", o que não chega a ser declaração de caráter sensacional, mas é muito edificante. Confessa-nos a boa senhora que "quando solteira gostava muito de bailes em casa de família".

Vemos depois fotografias da dileta filhinha do autor, da senhora sua mãe e do senhor seu pai, do seu tio entre os seus, em 1911, de um primo falecido, "herói imortal da batalha do trabalho" e pensamentos finos como "viver é imitar", "só o Bem dificilmente é imitado", "é fácil começar bem" etc.

O livro traz ainda homenagens a algumas dezenas de pessoas, jornais, revistas, homens de rádio, ABI, Sbat, ABR, Teatro Recreio, Instituto Rabelo, queridos tios João, Helena, Mariquinhas, Albertina (Bubu), Sinhá etc., e mais vários patrícios e sacerdotes.

Não, confesso que não lerei a peça. Para que mentir? Já meus olhos andam cansados e a cabeça confusa de ler o triste livro da vida; para que ler imitações? Mas essas homenagens todas do livro já são um bom romance, não imitado da vida, e sim vivido, o romance de um homem no quadro de sua existência, associações, instituições, família, igreja, amizades, empregos, esperanças, altura, peso, esporte, vício, lagarto com legumes, ideais. Ah, um dia terei coragem de escrever um livro assim florido, onde o leitor entre como em jardim de afetos, e tome comigo o cafezinho da maior cordialidade, batendo uma boa prosa.

E eu lhe falarei de jenipapo assado com açúcar preto ou de sopa de fruta-pão, lhe darei uma pamonha rolada em folha de bananeira do meu quintal de outrora, lhe falarei de meu tio Quinca Cigano, que vivia de barganhar...

O leitor certo bocejará, sucumbindo ao mais horrível tédio. Mas por que essa mania de escrever livros e fazer coisas para os estranhos? O bom livro é assim como o de João Vogeler, uma festa em família e para o autor mesmo – não pomba nem corvo que se lança aos ares do mundo com mensagens vãs, mas um humilde canteiro de flores de papel que fazemos para enfeitar o nosso berço, a nossa casa, e a nossa própria sepultura.

Março, 1949

Pedaços de cartas

Um caderno velho, com notas de uma viagem pelo Nordeste. Transcreverei aqui trechos de cartas de nordestinos que emigram para a Amazônia. E sua leitura agora, depois da tristeza imensa em que findou a "Batalha da Borracha", é triste...

Os homens vão para o Amazonas e pelo caminho escrevem e recebem cartas. Maria Cristina, de Mossoró, escreve a Raimundo, que já está em São Luís do Maranhão esperando vapor que o levará a Belém: "... Não, não creio que tenhas tamanha desconfiança em mim... serei firme e constante..."

Um pai escreve ao filho: "... Aqui vamos vivendo, espero que logo que você receber dinheiro me mande alguma coisa, nós vivemos muito aperreados". Outro pai dá um conselho ao filho emigrante: "... Seja obediente..." Outro dá notícias de Apodi: "Aqui ultimamente tem caído um bom inverno, e a lagoa já encheu". E a mãe acrescenta: "Impossível descrever as saudades que tenho de ti... mas tenho fé em São José que breve voltarás".

Um homem que já chegou a Belém escreve ao amigo em Massapé: "José Maria, não esqueço um só instante daí, de tua casa e palestra nestas horas os meus olhos vertem lágrimas de saudades de nosso torrão que tanto amo de verdade". Outro escreve para a mãe no Rio: "Segundo o que dizem vamos ganhar muito dinheiro".

Teógenes escreve ao irmão que ficou em Lavras, Ceará: "Oxalá que esteja bem chuvido por aí. Aqui a notícia que corre é que no Amazonas há superabundância de dinheiro, diga ao Izael que venha para o Amazonas."

Do marido à mulher: "Isaura, tu não imaginas, toda noite sonho contigo. Não fico em Belém porque não dá futuro portanto vou assinar o contrato voltarei com brevidade do Acre."

Um rapaz ainda em Fortaleza escreve à mãe no Rio: "Mamãe se Deus quiser voltarei com muito dinheiro. Voltarei para provar que sou homem e não sou um moleque."

Outro: "Um pouco adoentado, não há de ser nada, dentro de alguns dias seguirei para o Amazonas para fazer fortuna".

Um que escreve de Teresina ao pai em Santa Quitéria: "Não sei quanto vou ganhando, e não sei quanto vou ganhar, se eu pegar um dinheiro não me esqueço do senhor".

A mãe, do sertão do Ceará, ao filho, em Belém: "Até esta data nada recebi, disseram que eu não tinha direito nem a sua mulher porque você não era casado no civil. Tenha pena de sua mãe que ela está morrendo de fome, eu quero que você mande ordem."

A mulher em Mossoró escreve ao marido em Manaus: "Eu só recebi quatro mil-réis, porque só tinha na lista duas pessoas mas eu conversei com o Dr. hoje mesmo já recebi seis mil-réis... Bote a benção nos seus meninos e aceite um coração cheio de mil saudades de tua querida esposa."

Irmã em Macau ao irmão em São Luís: "Não estava esperando esta notícia de ires para o Amazonas... Lembra-te que deixaste um pai velho e uma irmã e que estes ainda desejam ver-te... Olha Antônio, v. podendo nos mandar qualquer coisa não deixe de mandar que aqui as coisas estão muito ruim... Quando estiver aperreado faça uma promessa à N. S. do Perpétuo Socorro. Papai envia-te uma feliz benção... P.S. Compadre Fausto foi também para o Amazonas, será que te encontrarás com ele aí?" Nota à margem, em letra trêmula, da mãe do rapaz: "Pouca esperança já me resta de ver-te pois estou muito velha..."

Mãe em Icó ao filho ainda em Fortaleza: "Desde a tua saída fiquei em tempo de ficar doida, nem posso dormir e nem comer. Dioclécio me escreveu que você não seguisse nessa Cia. Americana que vão para as matas que estão os caboclos brabos que é mesmo que ser uma guerra. Eu lhe mando dizer que os legumes não sustentarão quase nada, mas o feijão vai até mais adiante, milho pouco: mas vai se vivendo."

Pai, de Independência (Rio Grande do Norte), escreve ao filho em São Luís: "Peço-te logo que possível escreveres dizendo-me alguma coisa a respeito deste destino, se serve; pois, como sabes aqui cada vez pior as precisões cada dia aumentam conforme seja as condições que mandares me dizer irei também".

Filha, de Mossoró, ao pai em São Luís: "Papai eu agora não estou no meu emprego porque faltou massa para fazer o pão e seu Zezinho disse que eu e Terezinha passasse uns dias suspensa do trabalho".

Filho, de Belém, à mãe, em Sobral: "Mãe primeiro que tudo me bote a benção. Mãe o que eu prometi de mandar dinheiro para a senhora até o fazer esta carta ainda não peguei em dinheiro eu tenho promessa de receber dinheiro aqui em Belém do Pará... Eu à vista do que estava em

Iguatu aqui é um grande céu melhor do que lá porque estou gozando melhor vida... Mãe avise ao Anocrato que venha para o Amazonas que se ganha dinheiro segundo dizem, e a qualquer alguns de meus amigos..."

"Mãe faça jeito do João vir para o Amazonas porque em todo lugar que ele chegar não falta nada sim porque um homem como esse gasta tudo o que pega com as raparigas."

Março, 1949

Sobre a morte

Veio a minha casa outro dia o João Condé a fazer um *flash*, e logo me perturbei com sua rápida metralha de perguntas. A muitas, confesso, nada respondi, pelo embaraço profundo em que me lançava: autor predileto, romancista e poeta brasileiro mais queridos, e essa espantosa pergunta: qual o seu melhor amigo?

Amigos tenho muitos, mas tive vontade de dizer que o melhor deles ainda era este mesmo velho Braga. Não seria justo. "Quem gosta de mim sou eu", diz uma cantiga. Não impede isso que o velho Braga tenha-me feito as piores ursadas e me deixado, mais de uma vez, com seu leviano temperamento e seu apurado espírito de porco, em tristes situações.

Uma pessoa minha inimiga íntima, que estava presente, deu a Condé as informações sobre minha lamentável personalidade que eu preferiria esconder. O público não lucrará muito, certamente, nem ficará vivamente emocionado, sabendo que fui gago em criança; nem que, embora escreva com certa desenvoltura sobre amores e damas, sou, na vida prática, um pavoroso tímido – o que, de resto, não fica mal a um senhor feio, ou *piuttosto bruto* como diziam, com certa gentileza, as *signorine* de Florença.

A última pergunta de João Condé é sempre sobre a morte. Conforme lhe respondi, espero ainda viver bastante – embora olhando o meu horizonte, não consiga descobrir nada além de cinzentas melancolias. E gostaria de ser cremado, como o senhor Gandhi.

A morte é uma ideia muitas vezes consoladora, mas que pode ser irritante. Leio nos jornais grande reclamação contra as agências de enterros. Há um tabelamento oficial, mas por fora o interessado paga uma infinidade de taxas, emolumentos e comissões. Além das agências, o monopólio funerário também escorcha o cliente. Este, na aflição e tristeza do momento, não vai discutir essa coisa de dinheiro – e o defunto igualmente não dá um pio.

Confesso que, se a morte não me causa susto, as agências funerárias me desgostam um pouco. Existe uma no bairro, no caminho entre minha casa e o boteco da praia que muito frequentei. Foi num tempo em que desgostos íntimos quase toda noite me levavam a beber para esquecer, ou ruminar lembranças amargas. (Hoje as rumino mesmo a seco.) Lembro, porém, que, regressando a casa alta madrugada, e às vezes, por que não confessar um tanto trôpego de pernas e ideias, só via uma casa de portas abertas, um anúncio aceso na rua silenciosa: a agência funerária.

Lá dentro dois sujeitos jogavam damas – e quando eu passava o que estava de frente para a rua erguia os olhos um pouco para me ver. Era um sujeito pouco simpático, em mangas de camisa, sempre a fumar um toco de charuto. A maneira com que me olhava toda madrugada começou a me irritar. Ele parecia dizer: "Hum, ali vai outra vez aquele sujeito. Continua a beber... Não deve durar muito..."

E devia estar pensando que poderia ganhar algumas centenas de cruzeiros de comissão à minha custa...

Imaginei-me, uma vez, personagem de uma novela russa. Certa madrugada, perdidamente bêbado e desesperado com o olhar cobiçoso e irônico do jogador de damas, eu entraria em seu boteco fúnebre e berraria: "você vai primeiro! você não me enterra!" – e lhe meteria um punhal na barriga.

Não digo que me tenha curado do mal que então me consumia a pobre alma; porém ele está recolhido, e acabei me convencendo, como o homem do samba, de que bebida não é um medicamento. Mas ainda hoje tenho certa aversão pela saleta iluminada com seu telefone e anúncio em gás néon.

Dizem que quando se liga para aquele número o homem do toco de charuto atende com uma voz cavernosa que tenta ser gentil para agradar a freguesia: "Funerais, boa noite..."

Vai ver que, no fundo, é uma alma delicada e sensível; mas, pela cara, não parece. Eu preferiria morrer depois dele; assim morrerei menos contrariado.

Março, 1949

Da vulgaridade das mulheres

Deus sabe que no fundo de meu coração eu nada tenho contra as mulheres, que na catedral de minh'alma elas estão colocadas, pelo amor ou pela amizade, em altares de prata e ouro, coroadas de flores de ternura e adoração; Deus bem sabe.

Mas não desçamos ao fundo dos sentimentos; sou um escritor superficial, o último talvez deste país cada dia mais transcendente e sublime; pois sempre que leio os novos sinto que eles são tão profundos que só caçam suas imagens com fuzis submarinos; seu traje de passeio, deles, deve ser o escafandro. Essa comparação funciona dos pés à cabeça, com exceção dos óculos. Pois se o mergulhador moderno usa óculos que lhe permitem ver nítido no fundo do mar, o escritor moderno usa óculos que lhe oferecem refrações e distorções infatigavelmente. Hoje é bem vulgar escrever "uma casa branca". A casa deve ser "desconsolada" ou "pálida" ou "morna" ou "transeunte" ou "inefável" ou "de nuvens oblongas" ou "mineral de malmequeres" ou o Diabo que os carregue.

Mas não falemos mal de nossos irmãos de letras; urge falar mal das mulheres já de natural desfrutáveis, como sejam senhoritas pedantes e velhotas gaiatas. O que vamos dizer se entende com todas e especialmente com as mais distintas, inteligentes, belas e superiores.

Mas valerá a pena e será, pelo menos, justo? Isso me inquieta. É perante o espelho que a mulher engendra sua maior toleima. E que é o espelho da mulher? O homem é o espelho da mulher. A vulgaridade talvez seja toda nossa. Nem sempre, é verdade. Não fomos nós, os homens, que inventamos, a esta altura dos acontecimentos, a saia nas canelas. A culpa aí é da impotência imaginativa, do esgotamento profundo de alguns indivíduos do sexo intermediário residentes em Paris. Da Austrália ao Bangu milhões de senhoras e senhoritas apressaram-se a adotar essa moda, que prejudica as pernas bonitas e faz mais ridículas as feias. Amanhã "eles" resolverão que nossas damas devem pintar as unhas de amarelo e ninguém discutirá. Toda a discussão será entre o amarelo-canário, o amarelo-fulvo, o amarelo-gema e o amarelo-sezões – mas todas, todas as mulheres, até as mais dignas, até as mais sadias, até as mais honradas, terão as unhas amarelas.

Não importa que eu não goste, você deteste e aquele outro ache horrível. Não é para mim, nem para você, nem para ele que a mulher faz essas coisas ridículas. É para nós, os homens, em geral. É para um tipo convencional de homem, um monstruoso tipo de homem inventado não sei onde, e que resume a vulgaridade de todos os homens – tudo o que há de mais barato, de mais basbaque e de mais cretino na multidão dos homens. A mulher imediatamente rifa sua personalidade para agradar a esse homem-padrão, que em troca lhe dá mais olhares e assobios.

Somos, talvez, um pouco mais dignos. Mandaram-nos do estrangeiro gravatas e calções de banho de mil cores, cheios de figuras, paisagens, borboletas e flores. Não tomamos conhecimento disso; permanecemos decentes e calmos no vestir. As mulheres seriam incapazes de uma tal dignidade. Colocariam uma flor vermelha atrás, à altura da anca direita – se vissem isso numa revista de modas.

Algumas senhoras precisam pintar os cabelos e não condeno as que o fazem com discrição. Riscar sobrancelhas, dobrar os cílios, lambuzar as pálpebras, acentuar as olheiras, tingir as unhas, a cara, a boca – tudo estaria normal se fosse uma delicada e discreta providência no sentido de corrigir algum certo desfavor da natureza ou injúria do tempo. Se fosse, em suma, um esforço no sentido da beleza normal. Mas o que acontece é o contrário. As mulheres que têm a beleza natural nesses detalhes passam a imitar a máscara idiota – brilhante, colorida, artificial e vulgaríssima, que é a máscara da moda. A que... agrada "aos homens".

E isso tudo acaba entrando na própria alma. Um amigo me contou ter conhecido uma mulher que tinha alma de artista de cinema. Já que os homens adoram as artistas de cinema, deve ter refletido ela (e talvez, em toda a sua vida, só tenha se dado ao trabalho de refletir isso) – sejamos assim. Meu amigo conta: "Ela me sorria com um certo jeito de mover a cabeça como Ingrid Bergman, tinha uma crise histérica e chorava desesperada como Betty Davis, e afinal me perdoava como Joan Crawford e me beijava como Lana Turner".

Era uma dessas viciadas que toda a noite se metem numa sala escura – e quando a fita acaba saem para a rua como se entrassem para a tela; começam a fazer fita por conta própria. Quantas dessas madames bovarys de sessão das oito não andam por aí disfarçadas em gente?

Não é, portanto, a arte que imita a natureza, nem o contrário. Acontece que a natureza imita... a imitação da natureza. É dentro do círculo idiota dessa paródia de beleza que a mulher de hoje aperfeiçoa sua vulgaridade internacional. Para isso ela perde o respeito pelo ritmo sagrado de sua própria beleza.

Não tenho nada contra as *girls* americanas. (Pelo contrário, ah, tão pelo contrário!) Dentro da vulgaridade de suas repetições, elas têm bons elementos do clássico moderno. Mas as *girls* são como as vacas holandesas, ou os bois *shorthorn* ou as árvores padronizadas das ruas. São criaturas vivas selecionadas de acordo com certas qualidades específicas para um fim específico: dar mais leite, ou mais carne ou mais sombra. São plantas ou animais cultivados artificialmente com finalidade única: são para *show*. Isso limita severamente o tipo de sua beleza, ao mesmo tempo que o apura até o ideal – mas uma mulher de outro tipo de beleza que as imita é como um touro de corridas que usasse enormes orelhas postiças para imitar o zebu.

Se você manda construir um barco de corridas de modelo regulamentar, dentro das regras e especificações próprias, está muito bem. Mas se você faz isso para pescar ou transportar bananas – você faz exatamente como a mulher que abdica da dignidade própria de seu tipo de beleza, para se padronizar como a *girl*.

É essa mentalidade de *show* que predomina.

Predomina nas ruas, na hora mais vulgar, na vida sentimental mais barata e superficial. Os homens adoram o *show* – como *show*: mas cada homem ama sua mulher humana, feita da boa carne pessoal, do bom osso pessoal, e das curiosas cartilagens, e das encantadoras mucosas, profundamente pessoais e intransferíveis, por mais que elas pelejem contra si mesmas com o seu espantoso gosto da vulgaridade.

Março, 1949

OS OLHOS DE ISABEL

Instalou-se ontem, no Rio, um banco de olhos. Ali será conservada em geladeira uma parte dos olhos tirados de pessoas que acabam de morrer, de acidentados e natimortos. Os cegos que são capazes de distinguir a claridade poderão, em muitos casos, ter vista perfeita, recebendo nos olhos a córnea da pessoa morta. Já houve muitos casos dessa operação no Brasil, como a jovem Isabel, de dezoito anos, cega desde nascença, que passou a ver bem. Não a conheço; e estimo que seja feliz em suas visões, e veja sempre coisas que a façam alegre.

É pelos olhos que entra em nós a maior parte das alegrias e tristezas. Os meus, ainda que bastante usados, enxergam bem, e mesmo, em certas circunstâncias, demais. São, é natural, sujeitos a muitas ilusões; de muitas já fui ao empós, e eram miragens que me levaram ao meio de um deserto onde me alimentei de gafanhotos e lágrimas, tomando sopa de vento, comendo pirão de areia, como diz a canção.

Mas não há miragem que não tenha sua verdade e a huri seminua que nos sorri sob a palmeira do oásis pode não estar no rumo de nossa marcha, mas está em alguma parte sorrindo para alguém – talvez dentro de nossa alma, sonho de infância que recuperamos nas aflições da madureza.

Disse-me um velho caçador de huris que na verdade existem huris; mas que ainda que o viandante as atinja, e beba o licor de seus encantos, e as tenha toda para si deveras e muito, acontece que uma huri demasiado linda lá se vai um dia, e então fica o viajor sem saber se tudo foi sonho ou verdade. De maneira que tudo é o mesmo, sonhar com a huri e tê-la; eu por mim nunca tive nenhuma, porém sonhei tanto e tanto com uma que às vezes creio que na verdade foi minha.

Ora, direis que sou um tonto. Quem sou eu, o mais degradado de todos os filhos de Eva, para ter entrado no jardim celestial e, na sombra da alfombra alcatifada, prelibado... Mas que me deixem sonhar, que ainda esta é a maior diversão dos feios e pobres, e a grande orgia secreta dos tímidos.

A fina membrana dos olhos não guarda a lembrança das visões; mas que sabemos? A matéria viva é uma coisa sutil e sensível que ninguém entende. O jornal não diz de quem eram os olhos com que hoje vê a moça Isabel: e ela, nunca tendo visto antes, não sabe se as visões de hoje são de verdade ou fantasia; talvez esteja a ver este mundo através do filtro emocional de uma criatura já morta.

Já o poeta Bandeira, da segunda vez que viu Teresa, achou que os olhos eram muito mais velhos que o resto do corpo; "os olhos nasceram e ficaram dez anos esperando que o resto do corpo nascesse". Da terceira vez não viu mais nada, os céus se misturaram com a terra e o espírito de Deus voltou a se mover sobre a face das águas, o que já tem acontecido até com este mísero cronista, que dirá com ele, o poeta cheio de poderes vagos.

Serão, talvez, os olhos de Isabel como os de Teresa; mas tenham visto o que tiverem antes, que ora, para

Teresa, vejam tudo em suave e belo azul, a cor dos sonhos e descobrimentos nas navegações dos dezoito anos.

Que são tontas, mas belas navegações.

Março, 1949

O BARCO *JUPARANÃ*

Apresento-vos um navio que não é dos maiores do mundo: tem 26 metros de popa a proa, e seis de largura. Está sendo todo pintado de branco; assim ficará mais bonito. Estão sendo arrumados seus oito camarotes, e também seu bar com uma boa geladeira. Foi lançado à água em 1926, mas agora está todo renovado, e galante. Quereis fretar esse navio e nele navegar a vossa tristeza e o sonho vosso? Arranjo por três dias; e pagareis oitocentos cruzeiros por dia. Isso inclui, senhor, a lenha para o motor de oitenta cavalos, e o pagamento dos treze tripulantes, inclusive o papo cordial e a cachacinha fornecidos em seu próprio camarote, pelo comandante Pedro Pichim. Seu nome, tal como ficou registrado em Moscou, é Pedro Epichim, e assim ele se assina; mas está acostumado a ser chamado de "seu" Pedro Pichim.

O cozinheiro é bom, e não ficareis espantado ao reparar, por exemplo, que o timoneiro às vezes usa um enorme facão de mato pendurado no cinto. Nosso barco é muito florestal. Nele podereis subir de Regência do Rio Doce a Colatina e entrar em muitas lagoas, inclusive na maior e mais bela de todas as lagoas de água doce deste imenso Brasil, de água muito clara e muito funda, cercada de floresta imponente, com a Ilha do Imperador no meio, tendo uns 32 quilômetros de comprimento e na maior largura uns cinco.

Nesse navio podereis levar, se tendes muitos amigos, até trezentas pessoas, e se tendes muitos haveres até 25 toneladas de carga. Aconselho-vos a não levar tanto, pois se é verdade que o *Juparanã* cala, sem carga, apenas 55 centímetros, também é certo que seu casco se afunda na água mais um centímetro por duas toneladas de carga; de maneira que, tendo muito peso, ele perde o que me parece ser seu encanto principal, que é a presteza e graça com que acode ao chamado de qualquer bandeira branca na margem, encostando os peitos no barranco, como pata maternal.

Assim essa viagem de 130 quilômetros desde a Barra até Colatina tem na verdade muito mais do dobro, não só pelo capricho do canal como pelo bom coração de nosso barco. Às vezes aparece uma bandeira branca à margem direita e outra à margem esquerda; e nem é bandeira direito, é um saco de algodão ou um simples lenço, qualquer farrapo branco chamando, mandando seu apelo da fímbria da floresta escura. E lá vamos costurando o rio, da margem norte à margem sul.

Quando anoitece, basta ao caboclo ribeirinho agitar uma lanterna ou lamparina, um simples tição bem aceso para que o *Juparanã* mude de rumo e, com sua grande roda traseira batendo como um coração amigo, vá apanhá-lo na barranca humilde. E ele é amigo de suas irmãs menores, essas canoas do Rio Doce, canoas de peroba, cobi, vinhático, cerejeira, oiticica, araribá, seja de vinte metros de comprido e quatro palmos e chave de largura, seja canoinha boieira que um menino guia. O canoeiro, do meio do rio, faz um sinal, e ele para, delicado. O canoeiro vem vindo, e agita um papel na mão:

— Firmino, esta carta é para botar no Correio em Colatina...

E se o canoeiro viaja, sua canoa também vai. Temos nesta viagem atadas a cada lado seis canoas compridas, e Pedro Pichim me diz que chega a levar trinta em suas ilhargas amigas.

Não é preciso comprar passagem, fica entendido que em cima é primeira classe e embaixo é segunda. Camarote e comida são pagos em separado. Pedro Pichim, o velho lobo do rio, leva na mão um caderno escolar onde toma nota do nome do passageiro e o preço da passagem: da fazenda Maria Bonita até a fazenda Boa Esperança, ele calcula, por exemplo, dez cruzeiros. Há 26 anos, desde que esse navio, vindo da Alemanha, foi montado em Colatina e lançado às águas do rio, que Pedro Pichim o comanda para baixo e para cima – e ajuda a pôr a mesa, oferece manga às damas e ingá às criancinhas, tão cheio de autoridade e tão simplesmente cordial, já com dois filhos homens na tripulação. Antigamente, diz ele que muitas vezes tinha de cobrar passagem de revólver na cinta, às vezes mesmo na mão porque algum baiano de maus bofes resolvia fazer carinho no cabo do seu facão de mato e dizer que já tinha pago. "Então paga outra vez porque senão encosto o barco no barranco e você salta."

Quem sobe da Barra e vê, logo acima de Povoação, no lado norte, uma pequena sede de fazenda fazendo um claro no debrum escuro da mata e pergunta seu nome, lhe respondem: é o Império da Boa Vontade. No dia azul em que esse império se estender pelo mundo, há de ter como nau capitânia de sua grande Marinha de Paz o barco *Juparanã*, amigo de todas as bandeiras brancas.

Março, 1949

O MOTORISTA DO 8-100

Tem o *Correio da Manhã* um repórter que faz, todo domingo, uma página inteira de tristezas. Vive montado em um velho carro, a que chama de Gerico; a palavra, hoje, parece que se escreve com "j"; de qualquer jeito (que sempre achei mais jeitoso quando se escrevia com "g") é um carro paciente e rústico, duro e invencível como um velho jumento. E tinha de sê-lo; pois sua missão é ir ver ruas esburacadas e outras misérias assim.

Pois esse colega foi convidado, outro dia, a ver uma coisa bela. Que estivesse pela manhã bem cedo junto ao edifício Brasília (o último da avenida Rio Branco, perto do Obelisco) para assistir à coleta de lixo. Foi. Viu chegar o caminhão 8-100 da Limpeza Urbana, e saltarem os ajudantes, que se puseram a carregar e despejar as latas de lixo. Enquanto isso, que fazia o motorista? O mesmo de toda manhã. Pegava um espanador e um pedaço de flanela, e fazia o seu carro ficar rebrilhando de limpeza. Esse motorista é "um senhor já, estatura mediana, cheio de corpo, claudicando da perna direita; não ficamos sabendo seu nome".

Não poupa o bom repórter elogios a esse humilde servidor municipal. E sua nota feita com certa emoção e muita justeza mostra que ele não apenas sabe reportar as coisas da rua como também as coisas da alma.

Cada um de nós tem, na memória da vida que vai sobrando, seu caminhão de lixo que só um dia despejaremos na escuridão da morte. Grande parte do que vamos coletando pelas ruas tão desiguais da existência é apenas lixo; dentro dele é que levamos a joia de uma palavra preciosa, o diamante de um gesto puro.

É boa a lição que nos dá o velho motorista manco; e há, nessa lição, um alto e silencioso protesto. Não conheço este homem, nem sei que infância teve, que sonhos lhe encheram a cabeça de rapaz. Talvez na adolescência ele sucumbisse a uma tristeza sem remédio se uma cigana cruel lhe mostrasse um retrato de sua velhice: gordo, manco, a parar de porta em porta um caminhão de lixo. Talvez ele estremecesse da mais alegre esperança se uma cigana generosa e imprecisa lhe contasse: "Vejo-o guiando um grande carro na avenida Rio Branco; para diante de um edifício de luxo; o carro é novo, muito polido, reluzente..."

É costume dizer que a esperança é a última que morre. Nisto está uma das crueldades da vida; a esperança sobrevive à custa de mutilações. Vai minguando e secando devagar, se despedindo dos pedaços de si mesma, se apequenando e empobrecendo, e no fim é tão mesquinha e despojada que se reduz ao mais elementar instinto de sobrevivência. O homem se revolta jogando sua esperança para além da barreira escura da morte, no reino luminoso que uma crença lhe promete, ou enfrenta, calado e só, a ruína de si mesmo, até o minuto em que deixa de esperar mais um instante de vida e espera como o bem supremo o sossego da morte. Depois de certas agonias a feição do morto parece dizer: "enfim veio; enfim, desta vez não me enganaram".

Esse motorista, que limpa seu caminhão, não é um conformado, é o herói silencioso que lança um protesto superior. A vida o obrigou a catar lixo e imundície; ele aceita a sua missão, mas a supera com esse protesto de beleza e de dignidade. Muitos recebem com a mão suja os bens mais excitantes e tentadores da vida; e as flores que vão colhendo no jardim de uma existência fácil logo têm, presas em seus dedos frios, uma sutil tristeza e corrupção, que as desmerece e avilta. O motorista do caminhão 8-100 parece dizer aos homens da cidade: "O lixo é vosso: meus são estes metais que brilham, meus são estes vidros que esplendem, minha é esta consciência limpa".

Março, 1949

Dos brotos

Às adolescentes, quando belas, chama o vulgo – brotos.
Tanto anda a palavra na maré do favor geral que até
já foi usada, com um misto de malícia e ternura, para desig-
nar alguns dos mais frementes, verdolengos e promissores
poetas da novíssima geração: assim a literatura também tem
seus brotos.

Uns o são deveras, e amanhã serão ramos trêmulos
de flores ou túrgidos de frutos; outros são apenas brotoejas, que nada mais farão além de coçar, aborrecer, e sumir.
Dessas brotoejas andam cheias as revistinhas poéticas da
província e da corte; sempre as houve porém jamais com
essa abundância, que me lembre. Isso passa.

Mas deixemos os literatos em flor e volvamos às mo-
çoilas; ainda agora deixei a máquina e me ergui da cadeira
com uma hipócrita lentidão e cheguei à janela com afetada
indiferença para ver duas que passaram pela esquina e lá
vão descendo a minha rua, com seus passos ágeis e leves,
em busca do mar. Vão salgar-se e tostar-se; neste meu distrito os melhores brotos acobreiam o corpo e clareiam os cabelos. Falando apenas como o pintor que eu gostaria de ser
(e, pois, com toda pureza) direi que dessas peles queimadas
estimo sobre todas as que têm de seu natural, quando brancas, um tom amarelado, de sutil marfim: ainda que finas de
espessura até o transluzimento violáceo de delicadas veias,
são unidas de contexto, a um ponto em que a mais sensível polpa digital, de papilas mais sábias perpassando de

sobreleve, as sinta bem lisas. A mais leve tendência a uma dilatação dos poros faz com que a luz do astro rei as avermelhe, fazendo afluir à superfície o sangue das arteríolas; essas devemos pôr de lado ou jogar fora, se estamos ricos.

Sobre cabelos, não importa muito se são grossos ou finos, mas antes sejam grossos como honestas crinas que finos em demasia que se esfarinhem demais perdendo a vida ao se crestarem. Mas nestes 23 graus de latitude sul, e ainda com a reflexão da água e areia que multiplica a incidência dos raios solares, acastanhando os muito escuros, e levando ao louro-veneto os mais castanhos, convém que só pela natureza sejam queimados. Assim não faz mal que sejam, como é vulgar dizer, manchados, com zonas de mais ouro ou menos luz; olhando-se de frente a cabeça grácil é até suave notar que entre a moldura das comas existe, visível por instantes, atrás da nuca, uma zona mais escura, que suaviza o fundo e ajuda a realçar o torneado do pescoço: isso é belo e suave.

É certo que neste verão os brotos cortam os cabelos; tendemos a lamentar isso, mas havereis de convir que nisso ao menos a moda dos tempos é menos ingrata para os brotinhos de traços leves e músculos tensos, que para as senhoras, muitas das quais, ainda que belas, ficam, ao serem tosadas, devido ao marcado das linhas do rosto, que o tempo esculpe com mais firmeza, e à menor tensão dos músculos da garganta, com as feições ao mesmo tempo mais duras e mais moles, podendo chegar a parecer garotas envelhecidas quando são, de cabelos caindo pelos ombros, senhoras bastante moças. E é importante, ao se considerar a idade feminina, o ponto de partida (de baixo ou de cima) que o observador adota, bastando refletir na grave diferença entre "já" e "ainda" e outros advérbios que situam o marco zero de nossa impressão.

Bem, mas vejam que deixei os brotinhos e comecei a falar de senhoras ainda que, espero, com o maior respeito. Mas ora é tarde para voltar aos brotos. E é bom que seja tarde; fiquemos nos cabelos, o que é sensato. E fechemos esta crônica abençoando com um tom paternal que, se não é de todo sincero, também não será de todo fingido, essas cabeças gentis e amiúde um pouco tontas.

Março, 1949

O VASSOUREIRO

Em um piano distante alguém estuda uma lição lenta, em notas graves. De muito longe, de outra esquina, vem também o som de um realejo. Conheço o velho que o toca, ele anda sempre pelo meu bairro; já fez o periquito tirar para mim um papelucho em que me são garantidos 93 anos de vida, muita riqueza, poder e felicidade.

Ora, não preciso de tanto. Nem de tanta vida, nem de tanta coisa mais. Dinheiro apenas para não ter as aflições da pobreza; poder somente para mandar um pouco, pelo menos, em meu nariz; e da felicidade um salário mínimo: tristezas que possa aguentar, remorsos que não doam demais, renúncias que não façam de mim um velho amargo.

Joguei uma prata da janela, e o periquito do realejo me fez um ancião poderoso, feliz e rico. De rebarba me concedeu quatorze filhos, tarefa e honra que me assustam um pouco. Mas os periquitos são muito exagerados, e o costume de ouvir o dia inteiro trechos de óperas não deve lhes fazer bem à cabeça. Os papagaios são mais objetivos e prudentes, e só se animam a afirmar uma coisa depois que a ouvem repetidas vezes.

Chiquita, a pequenina jabota, passeia a casa inteira, erguendo com certa graça o casco pesado sobre as quatro patinhas tortas, e espichando e encolhendo o pescoço curioso, tímido e feio. Nunca diz nada, o que é pena, pois deve ter uma visão muito particular das coisas.

Agora não se ouve mais o realejo; o piano recomeça a tocar. Esses sons soltos, e indecisos, teimosos e tristes, de uma lição elementar qualquer, têm uma grave monotonia. Deus sabe por que acordei hoje com tendência a filosofia de bairro; mas agora me ocorre que a vida de muita gente parece um pouco essa lição de piano. Nunca chega a formar a linha de uma certa melodia. Começa a esboçar, com os pontos soltos de alguns sons, a curva de uma frase musical; mas logo se detém, e volta, e se perde numa incoerência monótona. Não tem ritmo nem cadência sensíveis. Para quem a vive, essa vida deve ser penosa e triste como o esforço dessa jovem pianista do bairro, que talvez preferisse ir à praia, mas tem de ficar no piano. Na verdade eu é que estou pensando em ir à praia, eu é que estou preso a um teclado de máquina. Espero que esta crônica, tão cansativa e enjoada para mim, possa parecer ao leitor de longe como essa lição de piano me parece no meio da manhã clara: alguma coisa monótona e sem sentido, ou às vezes meio desentoada, mas suave.

Passa o vassoureiro. É grande, grosso e tem bigodes grossos como todos os de seu ofício. Aos cinquenta anos darei um bom vassoureiro de bairro. De todos os pregões, o seu é o mais fácil: "Vassoura... vassoureiro..." e convém fazer a voz um tanto cava. Ele me parece digno, levando entrecruzadas sobre os ombros, numa composição equilibrada e sábia, tantas vassouras, espanadores e cestos. Seu andar é lento, sua voz é grave, sua presença torna a rua mais solene. É um homem útil.

Não ousaria dizer o mesmo de mim mesmo; mas, enfim, já trabalhei, já cumpri o meu dever, como o velho do realejo e a mocinha do piano; vagamente acho que mereço ir à praia.

Abril, 1949

Vem uma pessoa

Vem uma pessoa de Cachoeiro de Itapemirim e me dá notícias melancólicas. Numa viagem pelo interior, em estradas antigamente belas, achou tudo feio e triste. A estupidez e a cobiça dos homens continua a devastar e exaurir a terra.

Mas não são apenas notícias tristes que me chegam da terra. Ouço nomes de velhos amigos e fico sabendo de histórias novas. E a pessoa me fala da praia – de Marataízes – e diz que ainda continua reservado para mim aquele pedaço de terra, em cima das pedras, entre duas prainhas. Ali um dia o velho Braga, juntando os tostões que puder ganhar batendo em sua máquina, levantará a sua casa perante o mar da infância. Ali plantará árvores e armará sua rede e meditará talvez com tédio e melancolia na vida que passou.

Esse dia talvez ainda esteja muito longe, e talvez não exista. Mas é doce pensar que o nordeste está lá, jogando as ondas bravas e fiéis contra as pedras de antigamente; que milhões de vezes a espumarada recua e ferve, escachoando, e outra onda se ergue para arremeter contra o pequeno território em que o velho Braga construiu sua casa de sonho e de paz.

Como será a casa? Ah, amigos arquitetos, vocês me façam uma coisa tão simples e tão natural que, entrando na casa, morando na casa, a gente nunca tenha a impressão de que antes de fazê-la foi preciso traçar um plano; tenha a impressão de que é assim mesmo e naturalmente deveria ser

assim; e que a ninguém sequer ocorra que ela foi construí-
da, mas existe naturalmente, desde sempre e para sempre,
tranquila, boa e simples. Uma casa, Caloca, em que não se
tenha, de vez em quando, a consciência de se estar em uma
determinada casa, mas apenas de estar em casa.

Que árvores plantarei? A terra certamente é ruim,
além de pequena, e eu talvez não possa ter uma fruta-pão
nem um jenipapeiro; talvez mangueiras e coqueiros para
dar sombra e música; talvez...

Mas nem sequer o pedaço de terra ainda é meu;
meus títulos de propriedade são apenas esses devaneios
que oscilam entre a infância e a velhice, que me levam para
longe das inquietações de hoje. Que rei sou eu, Braga Sem
Terra, Rubem Coração de Leão de Circo, triste circo desor-
ganizado e pobre em que o palhaço cuida do elefante e o
trapezista vai pescar nas noites sem lua com a rede de proteção, e a luz das estrelas e a água da chuva atravessam o
pano encardido e roto...

Mas me sinto subitamente sólido; há alguns metros, nestes 8 mil quilômetros de costa, onde posso plantar
minha casa nos dias de aflição e de cansaço, com pedras
de ar e telhas de brisa; e os coqueiros farfalham, um sabiá
canta meio longe, e me afundo na rede, e posso dormir para
sempre ao embalo do mar...

Abril, 1949

A VISITA DO CASAL

Um casal de amigos vem me visitar. Vejo-os que sobem lentamente a rua. Certamente ainda não me viram, pois a luz do meu quarto está apagada. É uma quarta-feira de abril. Com certeza acabaram de jantar, ficaram à toa, e depois disseram: vamos passar pela casa do Rubem? É, podemos dar uma passadinha lá. Talvez venham apenas fazer hora para a última sessão de cinema. De qualquer modo, vieram. E me agrada que tenham vindo. Dá-me prazer vê-los assim subindo a rua vazia e saber que vêm me visitar.

Penso um instante nos dois; refaço a imagem um pouco distraída que faço de cada um. Sei há quantos anos são casados, e como vivem. A gente sempre sabe, de um casal de amigos, um pouco mais do que cada um dos membros do casal imagina. Como toda gente, já fui amigo de casais que se separaram. É tão triste. É penoso e incômodo, porque então a gente tem de passar a considerar cada um em separado – e cada um fica sem uma parte de sua própria realidade. A realidade, para nós, eram dois, não apenas no que os unia, como ainda no que os separava quando juntos. Havia um casal; quando deixa de haver, passamos a considerar cada um, secretamente, como se estivesse com uma espécie de luto. Preferimos que vivam mal, porém juntos; é mais cômodo para nós. Que briguem e não se compreendam, e não mais se amem e se traiam; mas não deixem de ser um casal, pois é assim que eles existem para nós. Ficam ligeiramente absurdos sendo duas pessoas.

Como quase todo casal, esse que vem me visitar já andou querendo se separar. Pois ali estão os dois juntos. Ele com seu passo largo e um pouco melancólico, a pensar suas coisas; ela com aquele vestido branco tão conhecido que "me engorda um pouco, chi, meu Deus, estou vendo a hora que preciso comprar esse livro *Coma e emagreça*, meu marido vive me chamando de bola de sebo, você acha, Rubem?"

Eu gosto do vestido. Quanto a ela própria, eu já a conheço tanto, nesta longa amizade, em seus encantos e em seus defeitos, que não me lembro de considerar se em conjunto é bonita ou não, e tenho uma leve surpresa sempre que ouço alguma opinião de uma pessoa estranha; não posso imaginar qual seria minha impressão se a visse agora pela primeira vez. "Ele diz que eu tenho corpo de mulata, você acha, Rubem? Diz que eu quando engordo minha gordura vem toda para aqui" – e passa as mãos nas ancas, rindo. "Nesse negócio de corpo de mulata você deve mesmo consultar o Rubem, mulher." Um gosta de mexer com o outro falando comigo. "Você já reparou nessa camisa dele? Fale francamente, você tinha coragem de sair na rua com uma camisa assim?"

Penso essas bobagens em um segundo, enquanto eles se aproximam de minha casa. Na tarde que vai anoitecendo tem alguma coisa tocante esse casal que anda em silêncio na rua vazia; e eu sou grato a ambos por virem me visitar. Estou meio comovido.

A campainha bate. Acendo a luz e vou lhes abrir a porta e também, discretamente, o coração. "Quase que não batemos, vimos a luz apagada. O que é que você faz aí no escuro?"

Digo que nada, às vezes gosto de ficar no escuro. "Eu não disse que ele era um morcegão?"

Sou um morcegão cordial; trago um conhaque para ele e um vinho do Porto para ela.

Maio, 1949

O MORADOR

De repente me ocorre que estou cansado de morar nesta casa. Durante demasiados anos vivi de casa em casa, de quarto em quarto, de cidade em cidade, para que não sinta esse desgosto sutil de estar parado na mesma esquina, embora quieta, embora boa.

Minha vida aportou aqui sem dizer que ia ficar, tal como a canoa do pescador que para junto a uma pedra, sem saber se é por meia hora ou pelo dia inteiro. Aos poucos levantei, sem o notar, a minuciosa coreografia humana deste trecho de mundo. As caras permanentes da rua foram se fixando no fundo de meus olhos; um dia encontrei, no centro da cidade, um empregado do armazém da esquina e achei tão absurdo vê-lo ali como se, entrando em um Ministério, eu encontrasse, no gabinete, o gato ruivo de minha vizinha.

Custei a reconhecer a cara familiaríssima do mulato; seria talvez um garçom de Belo Horizonte, ou o contínuo de um jornal de Porto Alegre, talvez algum soldado da FEB... Não consegui descobrir.

No dia seguinte ele passou sob a minha janela, como passa várias vezes por dia, em sua bicicleta, e tive um sobressalto.

É que essas caras existem em função da rua. Também já me aconteceu cumprimentar, distraído, na saída de um cinema, uma moça loura de pele muito queimada; cumprimentei-a sem saber exatamente quem era, mas sentindo que era uma pessoa muito conhecida, talvez irmã de algum amigo. Ela respondeu de um modo meio reticente, meio surpreso. Fiquei embaraçado. Depois descobri que não tenho relações com essa moça; apenas a conheço de vista, da minha rua, onde nunca me ocorreria cumprimentá-la.

O mecanismo da cordialidade humana não é muito simples; sempre corro o perigo de cumprimentar efusivamente, quando encontro, de súbito, um desafeto qualquer: antes de me dar conta de quem se trata, eu o saúdo porque é uma cara conhecida...

Mas a rua subitamente me cansa. Parece que sou escravo de seus hábitos; sei precisamente a hora em que a vaca-leiteira aparece e as empregadas das casas saem apressadas, de latas e garrafas na mão, para a pequena fila de leite; conheço todos os pregões, e os carteiros, os meninos que esperam o ônibus do colégio, o apartamento que fica aceso ao longo das madrugadas para o pif-paf e o "buraco"; conheço até alguns automóveis e os fregueses do boteco perto do mar, o idiota com quem os moleques mexem, a mocinha tão bonita que de repente ficou magra, triste, esquisita...

Sem indagar, sem na realidade saber o nome de ninguém, vou sem querer considerando tudo isso como parte de minha própria vida; a rua se infiltrou em mim como se eu vivesse em uma aldeia minúscula. Há dois ou três sujeitos antipáticos e mulheres desagradáveis que nunca me fizeram mal algum, mas cuja existência me dá um desgosto secreto; experimento, sem querer, um aborrecimento quando os vejo, e gostaria de não vê-los mais; estou cansado deles como se fossem companheiros de viagem em uma longa e monótona travessia.

Seria doce mudar, de casa ou de país. Sei, por experiência, que tudo isso que parece tão estabelecido em minha vida se diluirá com facilidade, e até o número da casa e do telefone serão esquecidos, e toda essa gente e todas essas coisas se apagarão em lembranças remotas. E como sempre, voltando um dia por acaso a esta esquina, como já voltei a tantos lugares em que morei, é possível que eu tenha alguma saudade, mas bem maior será o secreto prazer de pensar que me livrei de tudo, das ternuras e aborrecimentos desta rua, que tudo ficou para trás como uma estação sem interesse, apenas mais uma estação, nesta viagem em demanda de coisa alguma.

Alegrei-me quando a agência funerária a algumas quadras daqui fechou a porta. Era triste supor que se eu morresse aqui meu enterro seria encomendado àquele homem gordo e tedioso, que escreveria o meu nome em um papel e faria contas com um lápis na mão. Pois até nisso a pequena rua fechava o seu círculo de rotina e burocracia em volta de mim; até nisso visava me acostumar à morna tirania de seus hábitos.

No dia em que partir, eu me sentirei mais livre do que todos, e gozarei de um infantil sentimento de superioridade, como dizendo: "vocês pensavam que eu fosse um morador desta rua, como vocês são; não é verdade; eu estava apenas em trânsito, apenas disfarçado em morador, e tenho na minha frente um horizonte trêmulo de surpresas... Adeus, volto para meus caminhos."

E irei morar em outra cidade qualquer, em outra rua qualquer, como esta...

Maio, 1949

Visitação a São Paulo

Reparo que esse aeroporto de Congonhas, movimentado e cordial, já entrou para a minha geografia. Aqui saltando de avião ou avançando pelo campo, de maleta, já atropelo emoções antigas, já esbarro outros rubens e ouço vozes que me iludem. O balcão de meu conhaque, o telefone de minha despedida, o portão número quatro, a espera às vezes longa, o vento quase sempre frio, tudo isso me comove como se fosse a velha estação da Leopoldina Railway da adolescência.

Assim o homem de coração fácil logo se afeiçoa a locais, ergue palcos para suas emoções e coloca discretas placas de mármore comemorativas embutidas, invisíveis, mais que embutidas, emparedadas, em locais insuspeitáveis, com os versos do poeta: "aqui outrora retumbaram hinos".

Chegar é doce, partir é bom, a estrada corre macia entre campos e casas, revejo eucaliptos e árvores cor-de-rosa, atravesso o túnel macio de um bosque, irrompo nas avenidas belas. É uma excitação tranquila, a certeza de rever amigos, de abraçar criaturas queridas.

E este apartamento de dois pisos do casal de artistas é uma aérea pátria minha antigamente. Na madrugada passeio insone sob plátanos de Paris; mas no sábado perto do meio-dia me perco no túrgido canal humano da rua Direita. Preciso comprar alguma coisa, entro numa loja que está quase fechando, cheia de homens e mulheres. Faz frio, as mulheres estão com peles e capotes, muitas de capotinhos baratos, nessa bem-arrumada pobreza urbaníssima de comerciária friorenta de São Paulo. Deixo-me ficar no meio desse tumulto vivo, lápis que batem no balcão, mãos que acariciam fazendas, vozes, tinir de registradoras. Tenho prazer em andar na rua, depressa, como se a remota Pierina me esperasse na escadaria da Memória. Onde estará? No precário trecho de espelho de um boteco onde entro para tomar a mesma batida de dezesseis anos atrás vejo minha cara, já marcada e corrompida, os pelos brancos do bigode, ali onde esteve minha cara de rapaz inquieto e magro. A de hoje será mais seguramente triste, porém não mais infeliz como nos tempos em que silenciosamente meus nervos estalaram nesta soberba cidade, entre emoções e solidões, como vergas de metal do velho viaduto.

Bares que fecharam, evoco vossos nomes, casas que tombaram, escadinhas escuras que não existem mais, ruas que sumiram, onde está Pierina? Penso um instante em procurar sua antiga casa humilde e amarela, talvez avistasse o velho pai de cachimbo aldeão, talvez a mãe de cara pálida e triste, o irmãozinho que deve ser um homem, com certeza um ítalo-paulista de colete marrom – talvez Pierina. Mas percebo que Pierina é um absurdo com sua voz cantante de antigamente e seu corpo firme e elástico; Pierina, a sagrada, apenas sobrevive em alguma dessas que passam apressadas, com frio – e talvez hoje mesmo tenha chegado, de uma longa viagem pelo interior, uma viagem cheia de trabalhos e bebedeiras, outro rapaz magro e lírico lhe trazendo frutas e flores com emoção.

É de tarde, num viaduto, com uma luz subitamente rósea que amplia o céu e projeta nele o poderio urbano dessa agitação paulista, que sinto novamente a presença de Pierina. Aqui ficamos lado a lado, numa tarde em que todos andavam assim depressa, e eu me sentia suspenso no ar de vagas nuvens entre os passos da gente e a impaciência dos carros, eterno ao seu lado, vendo uma estrela que nascia – a estrela lá no alto que era entretanto um segredo.

Ventos frios, cortai essas lembranças juvenis tão pueris, apagai esses fantasmas que são leves manchas cinzas no ar. E tu, homem do passado, caminha através de Conselheiro Crispiniano para, no fundo de um bar antigo, esperar a Kath de seios pequenos e brancos e duros e risada de dentes miúdos; ou gira pelo centro, sabendo que em São Francisco, São Bento, em Líbero Badaró, na Itapetininga, no Arouche ou avenida São João, há nas esquinas lembranças que te tocaiam, bêbado.

Doracy serve mais um uísque com sua ternura imparcial, impessoal. Abraço amigos e amigas, bebo talvez demais, falo tolices, depois a doença me humilha e a censura me abate.

Ah, eu vos peço a todos que me perdoeis, porém, vede, um homem que tem vivido com tanta confusão e tristeza e tanto espanto e veemência, vede que é milagre ainda sobrar nele em meio a ridículos sem remédio e a tudo o que tem de mau e lamentável, uma pouca força ainda suficiente para lhe permitir ser bom. Já quis tanto morrer jogando-me em águas escuras de mar noturno; entretanto sentis, minhas amigas, que na vossa hora triste aqui está o peito firme e puro de antigamente e sempre. Vossa beleza e graça – oh vós cujos nomes eu gostaria de escrever longamente – são minha mais pura devoção, ainda quando o frescor da primavera se vai, e se muita, excessiva tristura já me proíbe ter amor, parti com vossos amados pelas ruas de sol, e tudo o que peço, por vós, aos gênios misteriosos da vida, é que eles tenham, além dos arrebatamentos e loucuras, e da cólera e da paixão que já vivi, a mesma grave ternura com que vos abençoo.

És tu, poderosa cidade de São Paulo, que assim me fazes a mente vária e o ânimo alquebrado. Deste quarto ouço o sussurro distante de teus ruídos urbanos. Estou só. Mas dentro de mim vibram, como parte de minha vida, as agitações de tua ânsia multifária e triste.

Maio, 1949

Os saltimbancos

O que mais me emocionou nesse Ballet des Champs Elysées que está no Municipal foi a história do circo de feira. Aqueles pobres saltimbancos de aldeia que armam sua barraca e se põem a dançar e fazer mágicas têm toda a graça e mistério da arte que foi o grande encantamento de nossa infância: o circo.

Íamos, uma vez por semana, ao cinema assistir às séries de Eddie Polo ou Pearl White. Mas aquilo era uma rotina, ainda que saborosa.

A chegada do circo era um acontecimento. Os artistas do circo eram de carne e osso e entretanto participavam da vaga irrealidade da gente de cinema. Eram seres caídos de súbito do céu e que voltariam de repente ao seu mistério azul e entretanto estavam ali – homens, mulheres, meninos, que olhávamos como se fossem heróis ou anjos.

Lembro-me ainda do espanto com que, menino, me aproximei de um garoto que vira trabalhar no picadeiro. Vira-o na sua malha, a dar saltos e cambalhotas; vira-o passando as solas de sapato no giz, lançando-se ao trapézio, enfrentando sério, perfeito, compenetrado e bem-penteado, o perigo de morte que a charanga tornava tremendo com um silêncio pesado e interminável em meio aos seus dobrados. Vira-o agradecer as ovações do público e sumir-se para o fundo, coberto de glórias, como um pequeno deus que se recolhe ao mistério da própria glória. E agora estava em minha frente vestido como um menino comum, comendo, como eu mesmo, um pé de moleque.

Não, não estava vestido como um menino comum, como qualquer de meus companheiros. Sua roupa trazia a marca das grandes cidades – e, para começar, no lugar da nossa tosca botina preta cujo bico estava gasto e esbranquiçado de chutar pedras pela rua, ele tinha sapatos.

Já vira um único menino – filho de um lojista, um menino que estudava em um internato do Rio e fora passar as férias no interior – calçando sapatos no lugar de botinas. E aquilo me parecera a mostra suprema da elegância. Mas os sapatos do menino do circo eram incomparáveis, de duas cores; branco e amarelo. E tinha calça e paletó de casimira, tinha um boné de um verde-cinza...

Embora eu estivesse completamente perturbado pela presença do semideus, ele trocou algumas palavras comigo. Compreendi então que até sua linguagem era, como não podia deixar de ser, diferente da nossa. Ao pedaço de bambu que eu tinha na mão, com a linha e o anzol, ele chamou caniço. Eu nunca ouvira essa palavra. Aquilo para nós era iba – e caniço me pareceu uma palavra estranha e supremamente elegante.

Lembro-me que depois desse encontro, quando estava com outros meninos na beira do rio a pescar piabas e moreias, tive vontade, a certa altura, de usar aquela palavra nova. Com um ar distraído, disse que o meu caniço não estava muito bom, mas o menino ao meu lado não prestou atenção. Disse outra vez aquela palavra mágica que me fazia importante, que me dava uma secreta superioridade sobre os outros. Mas outro menino disse apenas:

— Hein? Ah, cala a boca, não espanta o peixe...

Guardei a palavra, tímido, quase envergonhado. Fui reencontrá-la depois, comovido, em um livro de leitura. E anos mais tarde, quando li em um almanaque a frase célebre "o homem é um caniço pensante" ainda me lembrei do menino do circo.

Outra palavra que me perturbou e seduziu – eu deveria ter quinze anos e nunca tinha ouvido falar francês – foi em uma calçada do Rio. Foi exatamente ali perto do Municipal. Uma senhora esbarrou comigo. Senti, em um instante, ao mesmo tempo que o embaraço pelo encontrão, e uma onda de perfume fino, que ela dizia: "*pardon*". Voltei-me depois que ela passou: era certamente uma francesa e me pareceu linda, com um vestido leve e esvoaçante, de chapeuzinho. Senti-me grosseiro por não ter dito nada, em minha atrapalhação – e aquela palavra "*pardon*", vinda da mulher fascinante e estranha envolta naquele perfume, nunca mais a esqueci.

Foi talvez, pensando essa bobagem e outras, que eu senti os olhos úmidos quando Danielle Darmance, depois de sua acrobacia maravilhosa, vestiu a roupa humilde e saiu andando pelo fundo do palco, linda e triste, enquanto se desarmava a barraca do circo.

Emoções misturadas de infância e adolescência, perdidas e esquecidas há muito tempo que esses saltimbancos de Paris ressuscitam com sua graça de milagres.

Maio, 1949

O FUNILEIRO

O funileiro que se instalou à sombra de uma árvore, na minha rua, é um italiano do Sul. "Nós somos quase todos italianos – diz ele. Mas tem de tudo. Tem muito cigano. Aí para Engenho de Dentro tem cigano que faz até tacho de cobre."

— O senhor não faz?

Abana a cabeça. Trabalha entre Copacabana e Ipanema, onde ninguém quer tacho de cobre. Sinto, por um instante, a tentação de lhe encomendar um tacho de cobre. Mas percebo que é um desejo pueril, um eco da infância. O grande e belo tacho de cobre que eu desejo, ele não poderia fazê-lo; ninguém o poderia. Não é apenas um objeto de metal, é o centro de muitas cenas perdidas, e a distância no tempo o faz quase sagrado, como se o fogo vermelho e grosso em que se faziam as goiabadas cheirosas fossem as chamas da pira de um rito esquecido. Em volta desse tacho há sombras queridas que sumiram, e vozes que se apagaram. As mãos diligentes que areavam o metal belo também já secaram, mortas.

Inútil enfeitar uma sala com vasilhame de cobre; a lembrança dos grandes tachos vermelhos da infância é incorruptível, e seria transformar uma parte da própria vida em motivo de decoração. Que emigrado da roça não sentiu uma indefinível estranheza e talvez um secreto mal-estar a primeira vez que viu, pregada na parede de um apartamento de luxo, um estribo de caçamba? É como se algo de sólido, de belo, de antigo, fosse corrompido; a caçamba sustenta, no lugar da bota viril de algum alto e rude tio da lavoura, um ramalhete de flores cor-de-rosa...

A beleza, suprema bênção das coisas e das criaturas, é também um pecado, punido pelo desvirtuamento que desliga o que é belo de sua própria função para apresentá-lo apenas em sua forma. O *antique* tem sempre um certo ar corrupto e vazio; é como se a sua beleza viesse de sua função e utilidade; e desligada destas assume um ar equívoco... O *antique* é sempre falso; é uma coisa antiga que deixa de ser coisa para ser apenas antiga. A caçamba de teu apartamento jamais é autêntica. Pode tê-lo sido, não é mais: é apenas um vaso de metal, para flores.

A mulher bela que amaste com as tuas mãos e tua boca e teus músculos e todo o fervor de teu sangue e todo o desvario de teus olhos, e tua respiração e teu desespero – que valem, perto dela, as mais esplêndidas belezas de *show*? O *show* desliga insidiosamente a mulher de sua beleza, que então começa a esplender solta, mas com prejuízo de sua força humana. É uma coisa complexa, infinita, necessária, sagrada – a mulher bela – que se dissolve, e perde a transcendência e o *pathos*.

A tua caçamba, homem do apartamento, pode estar perfeita e brilhante; falta-lhe a lama dos humildes caminhos noturnos por onde teu cavalo não marchou; nunca terás por ela a amizade inconsciente mas profunda do homem que a usou longamente como estribo, que a teve na sua função, e não como vaso de flores.

O velho italiano conversa comigo enquanto bate, sabiamente, contra o ferro do cabeceiro, com um martelo grosso, o fundo de uma panela de alumínio. Mas são longas as conversas do funileiro; são longas como as ruas em que ele anda, longas como os caminhos da recordação.

Maio, 1949

O JABUTI

O funileiro desce a rua; não vai malsatisfeito porque sempre fez algum dinheiro em nossa esquina. Não se queixa da profissão, mas diz que é dura. Há os dias de chuva, por exemplo. Sim, existe um Sindicato, mas ele não acredita que valha de nada. Enfim... Depois de arrumar suas ferramentas e suas folhas de zinco e alumínio ele se despediu com indiferença.

Em seu lugar, como em um *ballet*, aparecem três moças de *short*. Uma delas traz uma bola branca e as três ficam a jogá-la com as mãos, na esquina. Uma tem o corpo mais bem-traçado que as outras; é mais linda quando ergue os braços para deter a bola, com um gesto ao mesmo tempo ágil e indolente. Depois elas somem, caminho da praia, e aparecem dois velhos, de guitarra e bandolim. O cego da guitarra já o conheço; não aparecia há algum tempo, e costumava passar acompanhado de uma velha. Ele tocava e os dois cantavam, com vozes finas, horríveis e tristes, os últimos sambas; a mulher vendia o jornal de modinhas e recolhia as moedas jogadas do alto dos apartamentos. Na voz daquele casal triste todos os sambas pareciam iguais, e nenhum parecia samba. Eram mais pungentes e ridículos quando tentavam cantar marchinhas alegres de carnaval. Terá morrido a velha portuguesa?

Os dois atravessam a rua vazia com um ar tão hesitante como se ambos fossem cegos. Param já longe de minha janela, e daqui ouço a mistura confusa e triste de suas vozes e instrumentos.

Um menino vem avisar que o nosso jabuti está fugindo: apanhou-o já na calçada, virado para cima; certamente perdeu o equilíbrio ao passar da soleira do portão para a calçada.

Esse filhote de jabuti tem um quintal para seu domínio, e uma casa inteira onde pode passear. Mas segue o exemplo de um outro jabuti que um vizinho deixou aqui nos meses do verão. Vem exatamente no mesmo rumo, atravessando a cozinha, a sala de jantar e o escritório até a varanda. Quando encontra uma porta fechada fica esperando. Desce penosamente os degraus, avança colado ao muro. Às vezes cai no caminho e fica de patas para cima, impotente; às vezes chega até a rua. Sempre que tem de se lançar de um degrau a outro se detém um pouco; mas sempre arrisca.

Aonde levará essa trilha secreta dos jabutis, essa linha misteriosa do destino que eles parecem obrigados a seguir com obstinação e sacrifício? Se eu os deixasse seguir, seriam levados para alguma outra casa, esmagados por algum carro ou comidos por algum bicho quando caíssem de barriga para o ar. Neste mundo de cimento e asfalto não há maiores esperanças para eles. Entretanto, o pequeno jabuti insiste sempre em sua aventura, com o passo penoso e lerdo. Há alguma fonte secreta, algum reino fabuloso, alguma coisa que o chama de longe; e lá vai ele carregando seu casco humilde, lentamente, para atender a esse apelo secreto...

Junho, 1949

Nascem varões

Do quarto crescente à lua cheia o mar veio subindo de fúria até uma grande festa desesperada de ondas imensas e espumas a ferver. Vi-o estrondando nas praias, arrebentando-se com raiva nas pedras altas. O vento era manso, e depois do sol louro e alegre vinha a lua entre raras nuvens de leite; mas o mar veio crescendo de fúria; e as mulheres de meus amigos que estavam grávidas, todas deram à luz meninos. Sim, nasceram todos varões.

Nascem varões. O poeta Carlos faz um poema seco e triste. Disse-me: quando crescer, Pedro Domingos Sabino não lerá esses versos; ou então não os poderá entender. O poeta contempla com inquietação e melancolia os varões do futuro. Não os entende; sente que neste mundo estranho e fluido as vozes podem perder o sentido ao cabo de uma geração; entretanto faz um poema. Sinto vontade de romper esse momento surdo e solene em que mergulhamos; ora bolas, nasceu mais um menino. Afinal os meninos sempre nasceram, e inclusive isso é a primeira coisa que costumam fazer: aparentemente essa história é muito antiga, e talvez monótona. Mas estamos solenes. As mães olham os que nasceram. Os pais tomam conhaque e providências. O mundo continua.

O que talvez nos perturba um pouco é esse sentimento da continuação do mundo. Esses pequeninos e vagos animais sonolentos que ainda não enxergam, não ouvem, não sabem nada, e quase apenas dormem, cansados do longo trabalho de nascer – ali está o mundo continuando, insistindo na sua peleja e no seu gesto monótono. Nós todos, os homens, lhes daremos nosso recado; eles aprenderão que o céu é azul e as árvores são verdes, que o fogo queima, a água afoga, o automóvel mata, as mulheres são misteriosas e os gaturamos gostam de frutas. Nós lhes ensinaremos muitas coisas, das quais muitas erradas e outras que eles mais tarde verificarão não ter a menor importância. Este lhes falará de Deus e santos; aquele, da conveniência geral de andar limpo, ceder o lado direito à dama e responder as cartas. Temos um baú imenso, cheio de noções e abusões, que despejaremos sobre suas cabeças. E com esses trapos de ideias e lendas eles se cobrirão, se enfeitarão, lutarão entre si, se rasgarão, se desprezarão e se amarão. Escondidas nas dobras de bandeiras e flâmulas, nós lhes transmitiremos, discretamente, nossas perplexidades e nosso amor ao vício; a lembrança de que todavia não convém deixar de ser feroz; de que o homem é o lobo do homem, a mulher é o descanso do guerreiro; frases, milhões de frases, o espetáculo começa quando você chega, um beijo na face pede-se e dá-se, se quiser ofereça a outra face, se o guerreiro descansa a mulher quer movimento, os lobos vivem em sociedades chamadas alcateias, os peixes são cardume, desculpa de amarelo é friagem e desgraça pouca é bobagem. Armados de tão maravilhosos instrumentos eles empinarão seus papagaios, trocarão suas caneladas, distribuirão seus orçamentos, amarão suas mulheres, terão vontade de mandar, de matar e, de vez em quando, como nos acontece a todos, de sossegar, morrer.

Penso nessa jovem e bela mãe que tem nos braços seu primeiro filho varão. É o quadro eterno, de insuperável, solene e doce beleza, a madona e o *bambino*. Poderia ver ao lado, de pé, sério, o vulto do pai. Mas esse vulto é pouco nítido, quase apenas uma sombra que vai sumindo. Ele não tem mais importância. Desde seu último gemido de amor entrou em estranha agonia metafísica. Seu próprio ser já não tem mais sentido, ele o passou além. A mãe é necessária, sua agonia é mais lenta e bela, ela dará seu leite, sua própria substância, seu calor e seu beijo; e à medida que for se dando a esse novo varão, ele irá crescendo e se afirmando até deixá-la para um canto como um trapo inútil.

Honrarás pai e mãe – aconselha-nos o Senhor. Que estranho e cruel verbo Ele escolheu! Que necessidade melancólica sentiu de fazer um mandamento do que não está na força feroz da vida! Tem o verbo "honrar" um delicado sentido fúnebre.

Mas nós, os honrados e, portanto, os deixados à margem, os afastados da vida, os disfarçadamente mortos, nós reagimos com infinita crueldade. Muito devagar, e com astúcia, vamos lhes passando todo o peso de nossa longa miséria, todos os volumes inúteis que carregamos sem saber por que, apenas porque nos deram a carregar. Afinal, isto pode ser útil; afinal, isto pode ser verdade; isto deve ser necessário, visto que existe. Tais são as desculpas de nossa malícia; no fundo apenas queremos ficar mais leves para o fim da caminhada.

Muitos desses pais vigiaram a própria saúde para não transmitir nenhum mal à próxima geração; purificaram o corpo antes de se reproduzirem. Cumpriram seu rito pré-nupcial e depois, na carne da mãe, já fecundada, prosseguiram em cuidados ternos, como se esperassem ver nascer algo de perfeito, um anjo, limpo de toda mácula.

Procuram assim, aflitamente, limpar em pouco tempo todos os longos pecados da espécie, toda a triste acumulação de males através de gerações.

Agora estão com a consciência tranquila; agora podem começar a nobre tarefa de transmitir ao novo ser o seu vício e a sua malícia, a sua tristeza e o seu desespero, todo o remorso dos pecados que não conseguiram fazer, todo o amargor das renúncias a que foram obrigados. O menino deve ser forte para aguentar a vida – esta vida que lhe deixamos de herança. Deve ser bem forte! Forremos sua alma de chumbo, seu coração de amianto.

Nascem varões neste inverno; a lua é cheia, o mar vem crescendo de fúria sob um céu azul. Mas sua fúria sagrada é impotente; nós sobrevivemos: o mundo continua. E as ondas recuam, desanimadas.

Julho, 1949

CONHEÇA OUTROS TÍTULOS DE
RUBEM BRAGA PELA GLOBAL EDITORA

50 crônicas escolhidas (seleção do autor)*
100 crônicas escolhidas (seleção do autor)*
200 crônicas escolhidas (seleção do autor)*
1939 – um episódio em Porto Alegre*
Ai de ti, Copacabana!
As boas coisas da vida*
A borboleta amarela*
Caderno de Guerra (desenhos de Carlos Scliar
      e texto de Rubem Braga)*
Carta a El Rey Dom Manuel*
Casa dos Braga – memória de infância*
Coisas simples do cotidiano
O conde e o passarinho
Crônicas da Guerra na Itália*
Crônicas do Espírito Santo
Dois pinheiros e o mar e outras crônicas sobre meio ambiente
Dois repórteres no Paraná (com Arnaldo P. d'Horta)*
Histórias de Zig
Livro de versos*
Melhores crônicas Rubem Braga
O menino e o tuim*
Morro do Isolamento
Um pé de milho*
A poesia é necessária
O poeta e outras crônicas de literatura e vida
Recado de primavera
Rubem Braga – crônicas para jovens
A traição das elegantes*
Três primitivos*
Um cartão de Paris*
Uma viagem capixaba de Carybé e Rubem Braga*
O verão e as mulheres*

* prelo